Die - Märchen - Omi
aus der
Müller-Märchenstube erzählt:

WEIHNACHTEN mit Tannengrün und Mondenschein

Irmgard Edith Müller

Lieder: Irmgard und Kurt Müller

Irmgard Müller Verlag
Berlin

www.maerchenomi-berlin.de
mail: info@maerchenomi-berlin.de
Fax: 03212 6014822

Herstellung: Books on Demand GmbH,
Norderstedt
Fax: 040-534335 84

ISBN: 978 3-930768-70-7

„Ich liebe die Weihnacht,
den Schnee, die Glocken,
den Nikolaus-Stiefel und auch die Socken!
Ich liebe die Tannen, Kiefern und Fichten,
erzähle sehr gern über sie Geschichten.
Ich liebe die Gänse, die Enten und Hasen,
die Wälder und Felder, den Klee und den Rasen,
das Meer, die Berge und auch die Bäume,
denn alle atmen und haben Träume!
Sie leben und leiden genau wie ich,
darum frage oft verzweifelt ich mich:
„Bin ich der Mittelpunkt der Welt
und darf ich tun, was mir gefällt?
Geht es um mich und meinen Bauch,
ist das der liebe Weihnachtsbrauch?
Das sind die Fragen, die mich bewegen
und tief im Herzen zur Weihnacht sich regen.
Ich wünsche drum aus tiefstem Herzen
ein Weihnachtsfest ganz ohne Schmerzen,
wo Herzen öffnen sich zum Guten
Frieden und Liebe sie durchfluten,
und zwar an jedem Tag im Jahr!
Ich hoff, dass dieser Traum wird wahr!
Ich wünsch es mir, ich wünsch es Dir,
der Pflanzenwelt und auch dem Tier!“

Es war einmal,

so fingen Märchen an

in meiner Kinderzeit,

sie liegt so weit.......

Es war einmal,

so klingt es auch noch heut

grad' wie in alter Zeit:

Es war einmal.......

Das ganz besondere Weihnachtsfest

Es war einmal an einem trostlosen, langweiligen und schlafmützigen Regentag im Monat April.
Oliver saß mit seiner Cousine Ramona im Kinder-Zimmer und beide wussten nicht mehr so recht, was sie jetzt noch anstellen sollten.
Ja, bei Sonnenschein hätten sie noch eine Menge Ideen gehabt, aber bei diesen hässlichen Regen-Schauern, die überhaupt nicht aufhören wollten, fiel ihnen absolut nichts Vernünftiges mehr ein.

Die Mutter von Oliver war nämlich noch ganz schnell zum Großmarkt gefahren um ein paar sehr dringende Einkäufe zu erledigen und Oliver und Ramona hatten fest versprochen in dieser Zeit das Haus nicht zu verlassen und natürlich auch keine Dummheiten anzustellen.
Als Belohnung erwartete sie eine Riesen-Portion Erdbeer-Eis und daher bemühten sie sich auch von Herzen, recht lieb und brav zu sein.
Zuerst hatten sie äußert interessiert den Regen-Tropfen zugeschaut.

Diese klatschten laut an das Fenster und voller Staunen und Bewunderung hatten sie bemerkt, dass wunderschöne kleine Kunstwerke an der Glas-Scheibe entstanden.
Eines erinnerte sehr stark an ein Perlenbild und sie konnten deutlich eine Landschaft mit Bergen, Häusern und Straßen erkennen.
Dann erblickten sie fantastisch geformte Blumen-Gebilde in einem Garten und danach grüßte sie sogar ein Himmel voller Sterne mit dem guten, runden Vollmond in der Mitte.

Auf einmal wurden die Regentropfen aber immer dicker und wischten die Zauberbilder einfach wieder fort, genau wie ein nasser Schwamm die Worte auf einer Schultafel.
Der Regen wurde immer dichter und nachdem sie alles durchgespielt hatten, was ihnen in den Sinn gekommen war, wurde ihre Stimmung, genau wie das Wetter, noch betrüblicher.

„O, hätten wir doch nur nicht versprochen, das Haus nicht zu verlassen“ stöhnte Oliver.
„Dann könnten wir jetzt nämlich in den Garten laufen und so lange an Sträuchern und Büschen rütteln bis wir ebenfalls pitschnass sind.

Das macht riesigen Spaß!
Ganz genau wie durch Pfütze planschen, bis der Schmutz viele kleine und große Sommersprossen ins Gesicht und auf die Kleidung zaubert.
Leider fällt dieses Vergnügen aber ebenfalls ins Wasser obwohl es wirklich ein sehr lustiges Spiel ist und nie langweilig wird.
Was sollen wir jetzt nur anstellen?“

Ramona fiel ebenfalls nichts ein und so schauten beide genau so trübe aus dem Fenster hinaus wie die Regenwolken zu ihnen herein schauten.

Auf einmal hatte Oliver jedoch eine Idee!
Ramona erkannte es sofort daran, dass seine Augen plötzlich hell aufblitzten, er voll aufgeregt aufsprang und zur Tür hinauslief.
Sie dachte angestrengt nach, was ihm jetzt wohl in den Sinn gekommen war und zupfte aufgeregt an ihren dunklen, langen Haaren.

Genau in dem Moment, als sie ihm nachlaufen wollte, kam er jedoch zurück, legte triumphierend die elektrischen Weihnachtskerzen auf den Tisch und fragte aufgeregt: „Kannst Du Dir vorstellen, was wir jetzt spielen?“

„Nein, weiß ich nicht, kann ich auch nicht erraten, also sag es mir bitte“ bettelte Ramona.

„Wir spielen Weihnachten“ lachte Oliver.
„Du kommst mit auf den Dachboden und hilfst mir, den künstlichen Weihnachtsbaum, der dort abgestellt ist, hinunter zu tragen.
Dann stecken wir die Kerzen an die Zweige, verzaubern in unserer Fantasie die Regentropfen in Schneeflocken und singen Weihnachtslieder.
Das ist doch eine famose Idee, oder?“

„Au ja, danach kommt die Bescherung und ich bekomme eine Menge Geschenke von Dir.
Das ist ein total toller Einfall, der gefällt mir“ rief Ramona begeistert.

„Die Geschenke kannst Du vergessen, das geht nicht, aber wir könnten Wunschzettel schreiben.
Ich weiß nämlich schon wieder eine Menge, was ich mir wünschen könnte und bis Weihnachten habe ich das meiste sicher wieder verschusselt.

Das ist doch ein sehr vernünftiger Gedanke, gegen den kein Mensch auf der Welt etwas einwenden kann“ stellte Oliver gut gelaunt fest.

„Ja sicher, das ist die Lösung“ jubelte Ramona. „Dieses Spiel ist einfach perfekt, es ist wirklich eine supertolle Idee.“

Oliver und Ramona liefen so schnell sie konnten, auf den Dachboden und überlegten angestrengt, wie sie den Tannenbaum nun ins Kinderzimmer transportieren könnten.
Oliver hatte natürlich den richtigen Geistesblitz: „Wir packen ihn einfach am Fuß und ziehen ihn gemeinsam die Treppe hinunter. Das müsste doch ohne Schwierigkeiten zu schaffen sein.“

Tatsächlich, alles lief wie geplant und schneller als sie es sich erträumt hatten, stand der Baum im Zimmer und schaute richtig feierlich, festlich und weihnachtlich aus.
Oliver stellte sich auf einen Stuhl und befestigte sofort fachmännisch die elektrischen Kerzen, das bereitete ihm nämlich keine Schwierigkeiten, da er Weihnachten ganz genau aufgepasst hatte, wie es vorschriftsmäßig gemacht wurde.

„Und was hängen wir nun an die vielen Zweige, damit er so richtig bunt und fröhlich ausschaut“ erkundigte sich Ramona voller Neugierde.

„Das weiß ich leider auch noch nicht, denn den Christbaum-Schmuck konnte ich nicht finden, er lag leider nicht neben den Kerzen“ bemerkte Oliver ein wenig traurig.
Dann aber kam ihm eine lustige Idee:
„Wir könnten doch meine kunterbunten Ringel-Söckchen, die Omi für mich gestrickt hat, mit farbigen Wäscheklammern an die Zweige hängen. So ein Baumschmuck schaut bestimmt lustiger und fröhlicher aus, als die langweiligen silbernen oder goldenen Weihnachts-Kugeln.“

Oliver und Ramona begannen nun sofort mit Feuereifer, die rot-weiß, blau-gelb, grün-braun, lila-pink und noch in vielen Farbtönen geringelten Söckchen am Baum zu befestigen und schneller als gedacht, war die Tanne dekoriert und schaute so heiter und beschwingt aus dass sie sich voller Freude über ihr gelungenes Werk in die Arme fielen und einen Indianertanz aufführten.

Als Oliver den Strom einschaltete, leuchteten tatsächlich alle Kerzen und Ramona rief hell begeistert: „Oliver, Du bist ein Genie!
Jetzt können wir beide ganz alleine noch einmal richtig gemütlich Weihnachten feiern.“

Oliver und Ramona holten sich schnell aus der Küche ein Glas voll leckerer Limonade, setzten sich auf den weichen, flauschigen Woll-Teppich und begannen, lautstark und überglücklich ein Weihnachtslied anzustimmen.
„Schneeflöckchen, Weißröckchen“ schallte es nun durch das Haus und die dicken, dunklen Regen-Wolken, die düster und drohend am Himmelszelt vorbeizogen, hielten vor Schreck ganz schnell inne und schauten neugierig durch das Fenster.

„Haben wir uns etwa im Datum geirrt?
Ist die Zeit wirklich so schnell vorbei geflogen, dass es schon Dezember geworden ist, ohne dass wir es bemerkt haben?
Müssen wir etwa duftige, daunenweiche Schnee-Flocken statt Regentropfen herstellen?
Was ist nur mit uns los, sind wir so schusselig und verwirrt, dass wir die Jahreszeiten durcheinander gebracht haben“ fragten sie sich verunsichert.

Dann aber sahen sie einen Kalender im Zimmer hängen und darauf stand groß und deutlich:

24. April

„Na ein Glück, wir haben uns nicht verrechnet, mit uns ist alles in bester Ordnung, wir sind weder närrisch, vergesslich noch töricht!
Wir haben jede Menge Zeit, denn es dauert noch acht Monate bis zum Weihnachtsfest!
Das ist genau so kristallklar wie unsere Wasser-Tropfen, lasst uns daher ganz unbeschwert weiter ziehen, denn mit der Herstellung von Schnee-Flocken müssen wir uns heute wirklich noch nicht beschäftigen.
Aber über die Kinder sollten wir uns ernsthaft Gedanken machen!
Das Datum stimmt nämlich haargenau mit dem Weihnachts-Fest überein, nur mit der Monats-Angabe liegen sie vollkommen daneben.
Na ja, so etwas kann schon mal passieren, sie sind ja vor kurzem erst in die Schule gekommen und haben sich vielleicht einfach nur verrechnet.
Wir wollen daher mal großzügig sein und keinen großen Wind darum machen.“

Dann erblickten die Regenwolken jedoch den mit Ringelsöckchen geschmückten Tannenbaum!
Nun schüttelten sie sich vor Lachen so heftig, dass die Regentropfen noch stürmischer und wilder aus ihrer Regen-Kleidung prasselten.

Einem mit Ringelsöckchen geschmückten April-Weihnachts-Baum waren sie auf ihren Reisen um die weite Welt noch nie begegnet.
Diese Sensation mussten sie unbedingt schnell ihren Geschwistern, dem Wind, den Sternen, dem Mond und allen Himmels-Bewohnern erzählen, denn das war ein April-Scherz ganz besonderer Art. Endlich hatten sie auch einmal etwas erlebt, worüber sich das weite Himmelszelt noch sehr lange amüsieren und erfreuen würde.

Oliver und Ramona ahnten natürlich überhaupt nicht, was sie angerichtet hatten, schrieben ganz seelenruhig ihre Wunschzettel und bemalten sie zusätzlich noch mit vielen bunten Bildern.

Dabei sangen sie alle Weihnachtslieder, die ihnen in den Sinn kamen, erfanden sogar völlig neue Strophen, die sie unbekümmert zwischen die altbekannten mischten und fühlten sich dabei so glücklich und zufrieden wie noch nie an einem verregneten, ungemütlichen und launischen Tag im Monat April.
Durch ihr kleines Abenteuer war die Zeit jedoch so schnell vergangen, dass sie alles um sich herum völlig vergessen hatten.

Sie zuckten daher erschreckt zusammen, als sie plötzlich Olivers Mutter in der Tür bemerkten.
Sie glaubte natürlich im ersten Moment, ihren Augen nicht zu trauen und schaute die beiden Kinder sowie den leuchtenden und strahlenden Tannenbaum in seiner lustigen Kostümierung so fassungslos und verdattert an, dass Oliver und Ramona in ein übermütiges Gelächter ausbrachen und lange Zeit überhaupt nicht aufhören konnten.

Als Olivers Mutter endlich ihre Fassung wieder gefunden hatte, sagte sie kein Wort, sondern drehte sich einfach auf dem Absatz herum und stürmte davon.

In wenigen Sekunden war sie mit ihrem Foto-Apparat jedoch wieder zur Stelle um Oliver und Ramona mit dem mit bunten Ringelsöckchen geschmückten Weihnachtsbaum zu fotografieren.
Diese fröhliche Begebenheit musste sie natürlich festhalten, das war einfach Ehrensache!

Den Kalender stellte sie selbstverständlich so auf, dass jeder sofort sehen konnte, dass es sich hier um kein gewohntes Weihnachtsfest im Monat Dezember handelte.

Nein, dies war eine sehr gelungene fröhliche und unbeschwerte sowie einzigartige Weihnachts-April-Feier mit Oliver und Ramona.

Die Aufnahme ließ sie sogar vergrößern, stellte sie ins Wohnzimmer über den Kamin und immer, wenn sie einmal sehr gestresst war, brauchte sie nur auf das Bild zu schauen, um wieder herzlich und entspannt lächeln zu können.

Natürlich kam auch ein Abzug in das Familien-Album und die gesamte Familie zeigte stolz jedem Besucher das Foto von dem besonderen und sehr bemerkenswerten Weihnachtsfest, das Oliver und Ramona einmal mitten im verregneten Monat April ganz alleine mit einem Weihnachts-Baum voller Ringelsöckchen erlebt hatten.

Icke
bin
Icke

Der kleine Hund Fips
und sein bester Freund, der Berliner Bär

Es war einmal ein klitzekleiner Hund, der in Berlin in der Spielwaren-Abteilung eines großen Kaufhauses saß und sehr traurig war.

Keiner schaute ihn an, keiner nahm ihn mit!

Dabei war er doch so ein süßes Hundchen, das jedes Kind bequem in der Hosentasche oder auch im Schulranzen verstecken konnte.

Der Winzling nahm kaum Platz weg, denn er war so gelenkig, dass er sich sogar zu einem kleinen Wollknäuel zusammenrollen konnte.
Trotz all dieser Vorteile interessierten sich aber fast alle Kinder nur für große Tiere und solche, die sogar noch größer waren, als sie selbst.

„Was muss ich nur anstellen, um endlich auch zum Weihnachtsfest einen Spielgefährten zu finden“ jammerte er und ließ tief-traurig seine Schlapp-Ohren herunterhängen.

Einige Stunden später jedoch, als der große und kleine Zeiger genau auf der Zwölf der Kaufhaus-Uhr zusammen trafen, begann in der Spielwaren-Abteilung die Mitternachts-Märchenstunde.
Alle Stofftiere erwachten aus ihrem Schlaf und konnten eine ganze Stunde lang sprechen, sich bewegen und Glück und Freude aber ebenso auch Schmerz und Trauer empfinden.

In dieser Zeit ging es in der Spielwarenabteilung lebhaft zu, denn die Plüschtiere erzählten sich all ihre Abenteuer, die sie am Tag erlebt hatten.
Außerdem verrieten sie auch ihr allergrößtes und wichtigstes Geheimnis, nämlich dass sie sich nichts sehnlicher wünschten, als recht bald von einem Menschen-Kind oder seinen Eltern als Weihnachts-Geschenk gekauft zu werden!

Dem kleinen Hund jedoch der gerade erst neu dazu gekommen war und seine ersten Tage im Kaufhaus erlebt hatte kullerten zwei dicke Tränen aus seinen Knopfaugen und fielen mitten auf die Nase eines großen, braunen Bären, der es sich im Regal unter ihm gemütlich gemacht hatte.
Er hatte seine Nase allerdings etwas zu vorwitzig und zu weit heraus gestreckt.

„Was ist denn nun kaputt“ beschwerte er sich. „Ich glaube, es regnet durch die Zimmer-Decke, denn auf meiner Nase haben sich gerade zwei Riesen-Regentropfen niedergelassen!
Wie findet Ihr denn das?“

„Ach Brummbär, ich glaube, Du bist noch nicht so richtig munter“ berichtigte ihn ein königlicher Pinguin, der sich mit Wassertropfen recht gut auskannte. „Reib Dir erst einmal den Schlaf aus den Augen und beruhige Dich, denn hier kann es überhaupt nicht regnen, weil sich über uns noch ein Stockwerk befindet!
Dort gibt es nämlich viele Kuschel-Sitzecken für Kinder und Erwachsene, damit sie sich nach ihren Weihnachts-Einkäufen bei leckerem Essen und Trinken erst einmal erholen können.
Also, ein Regentropfen hätte den weiten Weg bis zu Deiner Nase überhaupt nicht geschafft!
Du hast sicher nur geträumt, schlaf also weiter, Gute Nacht!“

„Nein, habe ich bestimmt nicht“ beschwerte sich der Brumm-Bär.
„Ich bin hellwach, denn ich höre außerdem noch klar und deutlich recht eigenartige Geräusche!

Ich glaube beinahe, wir haben Besuch von einigen Fledermäusen bekommen!
Hört nur, im Regal über mir fiept etwas!“

„Du meinst wohl Feld-Mäuse“ piepste es im Chor.
„Wir sind aber im Regalbrett genau unter Dir und nicht darüber.
Du bist wirklich noch nicht ganz munter, alter Brummbär!“

„Nein, das kann nicht sein, denn Mäuse piepen, hier aber fiept es, und zwar ganz jämmerlich!
Seid mal still, dann könnt Ihr es auch hören!“

„Tatsächlich“ miaute eine schneeweiße Angora-Katze, die sich auf dem gegenüber liegenden Regal lang ausgestreckt hatte und mit ihren wachsamen, smaragd-grünen Augen alles ganz genau beobachtete.
„Ich kann sehr gut erkennen, wer hier fiept!
Wollt Ihr es wissen?“

„Na klar“ erklang es vereint, und zwar so laut, dass ein dickes schwerfälliges Krokodil, das noch nicht ganz wach war, vor Schreck tatsächlich aus dem Regal purzelte.

„Es ist unser Neuankömmling, der fiept recht herzerweichend“ erklärte die Katze.
Ihre wachsamen Augen leuchteten dabei so hell und intensiv wie eine Verkehrsampel an einer sehr belebten Kreuzung, die gerade in diesem Moment auf „grün“ geschaltet wurde.

„Warum fiepst Du, kleiner Hund“ brummte der stattliche Bär und versuchte seine tiefe Stimme ein wenig heller und liebevoller erklingen zu lassen, damit der kleine Kerl nicht noch mehr Angst bekam und weitere Tränen aus Furcht und Trauer vergießen musste.

„Ach, ich bin so traurig, weil mich heute keiner beachtet hat“ fiepte das winzige Hundekind.
„Alle Tiere wurden von den Kindern bewundert weil sie bunt und lustig aussehen!
Schau nur Brummelbär, Deine Verwandtschaft hat sich sogar so fein herausgeputzt, als käme der Weihnachtsmann noch persönlich zu Besuch!

Entweder haben die Bären eine Schleife, einen Schlips, einen bunten Schal um den Hals, eine Pudelmütze auf dem Kopf oder sind mit einem flotten Pullover bekleidet.

Es gibt sogar einige, die einen Schulranzen auf dem Rücken buckeln, sich als Polizisten, Ski-Fahrer, Matrosen, Brautleute, Bayern, Bierfahrer, Piloten, Eisbären oder auch Tanzbären verkleidet haben. Eine Zirkus-Truppe ist sogar zu sehen und Bären, die in kostbarer Kleidung Märchenfiguren aus alten Sagen und Märchen darstellen.

Auch weihnachtlich gekleidete Teddybären mit farbigen Laternen in den Händen, die Advents-Leuchter und Spieluhren dekorieren, stehen in einer Glasvitrine.
Außerdem tragen fast alle Bären als Weihnachts-Schmuck stolz einen goldenen Knopf im Ohr!
Für mich war nicht einmal ein ganz gewöhnlicher Metall-Knopf übrig!“

„Nun hol erst einmal Luft, Du purzelst uns sonst vor Aufregung auch noch aus dem Regal, Du kleiner Fips“ lachte der Brummel-Bär.

„Wie hast Du mich genannt“ fragte neugierig und erstaunt der kleine Hund.
„Hörte ich da etwa den Namen **F I P S** ??? “

„Ja natürlich, das kann doch nur Dein Name sein!

Du bist fipsig und kannst sogar fiepen, ich habe doch richtig geraten, oder etwa nicht?“

„Das ist aber sehr lieb von Dir, dass Du mir einen Namen geschenkt hast“ fiepte Fips und seine Stimme klang nun gar nicht mehr traurig, sondern fröhlich und rundherum zufrieden.
„Ein Kose-Name bedeutet mir viel mehr als ein Knopf im Ohr oder ein Glöckchen um den Hals.
Du hast mir eine riesengroße Freude bereitet!“

„Na, ein Glück!
Wir dachten schon, Du hast Dein Lachen auf dem Weg zu uns verloren“ seufzte erleichtert der Uhu mit Doktorhut und Nickelbrille.
„Schau Dich einmal um, in diesem Regal hat kein Kuschel-Tier einen Knopf im Ohr.
Du bist also nicht benachteiligt, sondern gehörst zu unserer Familie!

Ein Knopf im Ohr oder Bauch ist auch gar nicht so wichtig, denn wenn uns ein Menschenkind lieb hat, nimmt es uns einfach in die Arme und fragt nicht, ob wir einen feinen Anzug, eine Mütze, einen modischen Pullover, Schal oder gar ein Märchenkleid tragen.“

„Da bin ich aber froh“ fiepte der kleine Hund.
„Aber ein Name ist doch trotzdem wichtig, oder?“

„Ja“ lachte der Uhu.
„Wir haben hier alle einen Namen, ich bin zum Beispiel Professor Grips!
Du darfst den Professor aber ruhig weglassen und mich einfach Gripsi nennen, denn das klingt viel netter und auch vertrauter.
Übrigens ist unser Berliner Bär noch viel klüger als ich, er hat ja auch sofort den richtigen Namen für Dich herausgefunden!“

„Was ist ein Berliner-Bär“ fragte Fips neugierig.
„Nun, das ist für einen Bären genau so eine Ehrenbezeichnung wie der Doktorhut für einen Uhu“ erklärte Gripsi eifrig.
„Der Bär ist nämlich das Wappentier von der Hauptstadt Berlin und ein Symbol für riesige Kräfte, also Bärenkräfte!

Außerdem ist es aber auch noch das Zeichen für Energie, Stärke, Ausdauer, Freude, Freundschaft, Hilfsbereitschaft, Schutz, Geborgenheit, Fairness, Sicherheit, Verantwortung und noch viele andere gute Eigenschaften.

Einfach für alles, was auch unseren gutmütigen kuscheligen, liebenswerten Bären, der im Regal unter Dir liegt auszeichnet und ehrt.
Er ist der Schutzpatron von Berlin, sorgt auch bei uns für Ordnung und Disziplin und hat immer ein offenes Ohr sowie liebevolles Brummen für all unsere Sorgen und Fragen."

„Na, na, nun reicht es aber, ich werde ja ganz verlegen, wenn Du mich so lobst" brummte der Berliner Bär und drehte sich vor Freude in seinem doppelstöckigen Regal einmal um sich selbst.

„Pass auf" rief Fips erschrocken.
„Das Regal rumpelt ja, als ob sich ein schwerer Erdstoß ankündigt. Du hast doch jetzt nicht etwa ein Erdbeben ausgelöst?"

„Nein, der Berliner Bär hat sich nur vor Freude wie ein Brummkreisel um sich selbst gedreht" beruhigte der Uhu.

„Ja, das stimmt" freute sich der Bär!
„Ein bisschen stolz bin ich schon auf meinen Namen, denn der „Berliner Bär" ist in der ganzen Welt bekannt.

Er wirbt für unsere gastfreundliche sehenswürdige und weltoffene Stadt Berlin.
Hier im Kaufhaus wird der Berliner Bär sogar als kleines fipsiges Souvenir angeboten.
Souvenir ist übrigens ein französisches Wort und bedeutet ungefähr:

„Eine ganz liebevolle, herzliche Erinnerung an die Stadt Berlin!"

„Das ist toll" fiepte Fips.
„Kannst Du mich adoptieren und auch zu einem „Berliner Fips" machen?"

„Klar, natürlich kann ich das!
Ich ernenne Dich hiermit ab sofort zu meinem

Berliner Hundekind-Souvenir und Glücksbringer!

Ein wuschliges Bärenfell hast Du ja schon, die Farbe stimmt auch und in die noch fehlenden Eigenschaften wächst Du bestimmt ganz schnell hinein!

Jetzt sind wir also verwandt und ich beschütze Dich und passe auf Dich auf, damit Dir kein Leid geschieht, einverstanden?“

„Ja, in Ordnung“ fiepte Fips.
„Nun musst Du aber auch dafür sorgen, dass ich recht bald ein Weihnachtsgeschenk werde.
Ich habe so riesengroße Sehnsucht nach einem Spielgefährten, mit dem ich mich Tag und Nacht unterhalten kann und nicht nur so kurz wie in unserer Mitternachts-Märchenstunde.“

„Gut, ich werde mir etwas überlegen, wie wir die Kinder auf Dich aufmerksam machen!
Du musst mir dann aber auch versprechen, nicht mehr so traurig zu sein! Du hast nämlich liebe, lustige Augen, wenn Du nicht heulst, ein süßes Stups-Näschen, ein weiches Fell, also wirst Du auch bestimmt einen Menschen mit einem guten Herzen finden, der Dich doll lieb hat“ brummte der Berliner Bär zuversichtlich.

„Ich weiß, wie wir das anstellen“ bellte nun ein Hirten-Hund aufgeregt dazwischen, der fast so groß wie der Berliner Bär und fast so klug wie Professor Grips war.

Er wurde daher auch fast genau so respektiert wie die beiden.
„Du hast es uns doch gerade vor ein paar Minuten gezeigt, wie man ein Regal zum Beben bringt!
Das machen wir einfach alle gemeinsam, wenn ein liebes Kind in seine Nähe kommt und geben Fips damit einen kräftigen Stoß, so dass er aus dem Regal purzelt und mitgenommen wird.
Das ist doch ganz einfach!“

„Au ja, das ist eine super gute Idee“ nickten die Kletter-Affen fröhlich. „Wir können ja schon einmal üben, ob das mit dem Herausschubsen auch tatsächlich klappt!
Haltet Euch bereit! Auf die Plätze, fertig, los!“

Jedes Kuscheltier strengte sich nun mächtig an und versuchte mit aller Kraft, sich irgendwie zu bewegen und irgendetwas aus dem Regal zu knuffen. Das war ein Gerangel! Die Bären, Katzen, Hunde, Affen, Hühner, Gänse, Enten, Krokodile, Kamele, Mäuse, Frösche, Hamster, Feuer-Salamander, Giraffen, Spinnen, Maulwürfe Seepferdchen, Esel, Panther, Lamas, Papageien, Eichhörnchen, Giraffen, Kühe und noch sehr viele andere Tiere plumpsten nun aus den Regalen.

Dabei lachten sie so laut, dass es in jedem Winkel des Kaufhauses zu hören war.
So viel Spaß hatten sie in einer Mitternachts-Märchenstunde noch nie erlebt und dem kleinen Fips kullerten wieder Tränen aus den Augen, aber diesmal aus Freude und vom fröhlichen Lachen.
Er lachte viele runde, lustige Tränentropfen, die dem Berliner Bären erneut auf die Nase tropften, denn bei dem großen Durcheinander war Fips mitten auf seinem Kopf gelandet.

„Und was machen wir nun“ schnatterten einige Gänse aufgeregt, als sie sich endlich aus einem Knäuel Federvieh befreit hatten.

Der Hahn wusste sofort eine Antwort und krähte unternehmungslustig von der Regal-Spitze, auf die er geflattert war: „Jetzt versucht doch einmal alle, einfach nach oben zu fliegen anstatt nach unten zu fallen! Die Anstrengung lohnt sich, denn hier ist die Aussicht einfach fantastisch!
Ist das nicht eine tolle Idee?“

„Nein, ich glaube nicht“ brummte der Berliner Bär. „Ich denke, uns bleibt gar nichts anderes übrig, als wieder auf unsere Plätze zu klettern.

Die Mitternachtsstunde ist gleich zu Ende!
Schaut nur auf die Uhr, wir haben nicht mehr viel Zeit. Wir Großen helfen jetzt den Kleineren und befördern sie wieder auf ihre Plätze, dann wird am Morgen niemand etwas bemerken!
Die nette Verkäuferinnen könnten nämlich großen Ärger bekommen, wenn wir hier auf der Erde liegen und das wollen wir doch nicht, oder?“

„Nein, wir sind doch ordentliche Kuschel-Tiere“ krächzte der rabenschwarze Rabe, schnappte sich eine kleine piepsende Maus und beförderte sie wieder auf ihren Platz.

„Ja, genau so machen wir es“ trompeteten die Elefanten unternehmungslustig.
„Jeder transportiert ein Tier, das er tragen kann, aber bitte vorsichtig, damit keines verletzt wird!

Zum Schluss übernehmen wir Elefanten dann die Endreinigung und säubern mit unseren Rüsseln den Fußboden damit auch kein Stäubchen verrät was wir heute Nacht angestellt haben!“

Alles klappte tatsächlich wie am Schnürchen.

Noch bevor die Kaufhaus-Uhr die Stunde nach Mitternacht mit einem Gongschlag verkündet hatte, waren tatsächlich sämtliche Tiere wieder auf ihrem vorherigen Platz sicher gelandet.
Von ihrem spektakulären Ausflug waren sie alle jedoch so erschöpft, dass sie sofort einschliefen.

Die Kuscheltiere erwachten erst wieder, als am nächsten Tag eine fröhliche Kinderschar durch die Abteilung lief, einige Kuscheltiere aus den Regalen nahmen und laut und lebhaft diskutierten, welches Tier bei ihnen zu Weihnachten wohl unter dem Tannenbaum liegen würde.

„Potz Bär" brummte der Berliner Bär entsetzt und rieb sich verwundert die Augen.
„Heute ist ja verkaufsoffener Sonntag!
An diesem Tag bekommen alle Kuscheltiere eine zusätzliche Weihnachts-Märchenstunde geschenkt die genau um 12.oo Uhr Mittagszeit beginnt!

Habe ich das Ereignis etwa verschlafen?
Das wäre ja furchtbar, denn ich muss doch im richtigen Moment das Signal geben wenn unser Fips aus dem Regal befördert werden muss!
Aber wo ist mein kleiner Schmuse-Hund?

Ich glaube, es ist an der Zeit, dass ich mir eine Sehhilfe aus der Brillenabteilung besorge, denn ich kann ihn nicht entdecken!“

„Hier bin ich“ hörte er nun eine zitterige Stimme ängstlich fiepen.
„Hier auf dem Arm eines kleinen Mädchens!
Drück mir bitte kräftig die Pfoten, damit ich ihr gefalle und sie mich auf ihre Wunschliste für den Weihnachtsmann setzt!“

„Na klar, wird gemacht“ brummte der Berliner Bär und drückte seine Pfoten so fest zusammen, dass es sogar ein wenig weh tat, aber für seinen neuen Freund, den kleinen Fips, ertrug er diesen Schmerz heldenhaft!
Dann wurden seine Augen jedoch kugelrund vor Staunen, denn er traute seinen Ohren nicht!
Das kleine Mädchen Ramona, das inmitten der Kinderschar stand, quietschte voller Vergnügen und rief zu ihrem Cousin Oliver:
„Schau nur, ich habe einen klitzekleinen Hund gefunden, der genau in meine Umhängetasche passt! Und weißt Du, was das Tollste an ihm ist?“

„Nein“ rief Oliver zurück.

„Vielleicht freust Du Dich ja, dass er so wuschelig und kuschelig ist?“

„Ja, darüber natürlich auch, aber sieh nur, er trägt kein Halsband! Ich kann ihm also mein Armband umbinden, denn es passt genau um seinen Hals! Nun hat er ein Erkennungszeichen und gehört mir für immer!“

„Aber erst ab Weihnachten, heute sind wir doch nur zum Anschauen und Aussuchen hier!
Du weißt doch, wie das funktioniert“ rief Oliver.

„Nein, diesen kleinen Hund gebe ich nicht mehr her, denn ich kann ihn sogar von meinem Taschengeld bezahlen. Er ist nämlich nicht so teuer wie all die großen Tiere hier!
Heute ist mein Glückstag, ich schenke ihn mir selbst und bezahle ihn sofort an der Kasse, kommst Du mit?“

Gemeinsam liefen Ramona und Oliver zu der netten Kassiererin und bezahlten mit 10, 5, 2 und 1-Cent-Stücken, die sie mühsam aus Ramonas Geldbörse zusammensuchten.
Zum Schluss fehlte noch 1 Cent!

Oliver hatte noch seinen Glücks-Cent in der Tasche, den Ramona ihm vor ein paar Tagen geschenkt hatte und rief fröhlich:
„Hier, den gebe ich dazu, dann gehört mir auch ein ganz kleines Stückchen von Fips."

Fips konnte sein Glück nicht fassen und überlegte angestrengt: ‚Wie bin ich nur in den Arm von Ramona gekommen und woher wusste Oliver meinen Namen?'

Auch der Berliner Bär staunte und die Tiere in der Spielwarenabteilung konnten es kaum glauben, dass ihr Fips nun so schnell einen Spielgefährten gefunden hatte.
Nein, das stimmte ja überhaupt nicht, es war eine Spielgefährtin!
Nein, das stimmte ja auch nicht, es war eine Spielgefährtin und ein Spielgefährte, also ein Spielgefährten-Pärchen! Und was das Schönste daran war, beide hatten Fips sehr, sehr lieb.

Ramona ließ sich ihren kleinen Hund nicht als Geschenk einpacken, sondern setzte ihn ganz liebevoll auf ihre Hand und schaute ihm lange in seine braunen Kuller-Augen.

Dann kraulte sie überglücklich seine Schlapp-Öhrchen und rief erfreut:
„Irgendwie erinnert mich der kleine Hund an ein Gedicht, das wir vor einigen Tagen in der Schule lernen mussten, und zwar handelte es von einem kleinen Hund mit Namen Fips!"

„Ich habe ihn ja auch sofort Fips getauft" staunte Oliver. „Na klar und jetzt weiß ich auch, warum! Wir mussten das Gedicht auch einmal lernen und ich weiß sogar, dass es von Christian Morgenstern ist und kenne auch den kompletten Text:

„Ein kleiner Hund mit Namen Fips
erhielt vom Onkel einen Schlips
aus gelb und roter Seide.
Die Tante aber hat, o denkt,
ihm noch ein Glöcklein dran gehängt
zur Aug- und Ohrenweide.
Hei, war der kleine Hund da stolz,
das merkte selbst der Kaufmann Scholz
im Hause gegenüber.
Ihn grüßte Fips sonst mit dem Schwanz
jetzt ging er voller Stolze ganz
an seiner Tür vorüber."

„Gut, dann wären wir uns ja mit dem Namen einig“ lachte Ramona.
„Nur gut, dass ich meinem süßen, kleinen Fips keinen Schlips umgebunden habe.
Ein Glöckchen schenke ich ihm aber trotzdem zu Weihnachten!
Ich bin nämlich ganz sicher, dass er zwar voller Freude mit dem Schwanz wedeln aber nicht stolz an uns vorbei marschieren wird.
Du bist doch ebenfalls meiner Meinung oder?“

„Natürlich, er würde sich auch mit einem Schlips niemals so benehmen, wie der Hund im Gedicht“ bestätigte Oliver zuversichtlich.
„Ich muss mir aber ebenfalls noch ein Tier für meinen Wunschzettel zu Weihnachten aussuchen, das hätte ich jetzt beinahe vergessen“ erinnerte er sich plötzlich.
„Ich glaube, ich entscheide mich für den großen, hellbraunen Bären in dem Weihnachtspullover, der so sehnsuchtsvoll zu uns herüber schaut.

Was meinst Du Fips, soll ich mir den Berliner Bären zu Weihnachten wünschen?“

„Ja“ fiepte Fips, so laut er nur konnte.

Und obwohl Ramona seine leise Stimme nicht hörte, ging sie ganz selbstverständlich zu dem Berliner Bären, löste die himmelblaue Schleife, die ihren dicken Zopf zusammen hielt und band sie dem Bären um die linke Vorderpfote.
„Nun gehörst Du Oliver“ entschied sie fröhlich.
„Außerdem siehst Du genau so aus, als ob Du der Bruder von meinem Geburtstags-Bären bist.
Du trägst auch fast den gleichen Pullover, Ihr werdet Euch bestimmt gut verstehen!“

„Wieso“ fragte Oliver ein wenig irritiert.
„Es ist doch eigentlich mein Bär und er sitzt dann natürlich in meinem Zimmer, oder?“

„Ja, Du hast ja Recht“ flüsterte Ramona ganz leise und wurde plötzlich sehr traurig.

„Nun wein mal nicht sonst fängt Dein kleiner Hund auch noch an zu heulen, er schaut nämlich genau so aus, als ob er auch gleich wimmern will.
Ich glaube, Ihr beide liebt auch meinen Bären!
Das ist aber nicht so schlimm. Ich lasse ihn mir trotzdem zu Weihnachten schenken und nach der Bescherung bekommst Du ihn dann zusätzlich von mir noch als ein Weihnachtsgeschenk!

Ich bin sicher, keiner wird Einspruch erheben, im Gegenteil! Alle werden diese Entscheidung sicher ganz toll finden und glücklich zustimmen.
Hast Du überhaupt in Deinem Zimmer Platz für zwei so große Bären?“

„Aber klar“ rief Ramona fröhlich und schrieb Olivers Namen mit Adresse auf einen Zettel, gab ihn der Verkäuferin und bat, den Bären einige Tage zurückzulegen, er würde ganz bestimmt von Olivers Mutter bald abgeholt werden!

Die Verkäuferin lächelte verstehend, denn sie hatte Ramona sofort erkannt, da es ja gerade erst ein paar Tage zurück lag, als sie sich ebenfalls einen großen Bären ausgesucht hatte.

Fips wurde von Ramonas Eltern sofort liebevoll aufgenommen und sie waren natürlich auch damit einverstanden, dass der Berliner Bär ebenfalls bei Ramona einziehen konnte, wenn Oliver ihn auch tatsächlich am Weihnachtsfest an Ramona weiter schenken würde.
Fips war nun der glücklichste Hund der Welt, denn alle seine innigsten Träume und Wünsche hatten sich erfüllt!

Er hatte ein sehr liebevolles Spielgefährten-Pärchen gefunden und in wenigen Tagen würde er sein erstes Weihnachtsfest bei einer warmherzigen und freundlichen Menschen-Familie erleben.
Am Weihnachtsmorgen schenkte Ramona ihrem Fips ein goldenes Glöckchen und eine Riesen-Tüte voller Gummibärchen und so machte Fips zu den vielen, bunt gekleideten Bären, die er in der Spielwarenabteilung kennen gelernt hatte, auch noch die Bekanntschaft der klitzekleinen gelben, blauen, roten, grünen sowie der goldig goldenen Gummibärchen. Er schleckte sie sehr liebevoll ab, beschädigte aber kein einziges, sondern verwahrte sie, um sie am Abend seinem besten Freund dem Berliner Bären als herzlichen Willkommens-Gruß zu überreichen.

So wurden die fipsigen bunten Gummibärchen das liebste Weihnachts-Geschenk für den Berliner Bären, das Berliner Hundekind Fips, für Ramona, Oliver und ihre Familien sowie für alle Menschen, die Weihnachts-Märchen, Kuscheltiere, Gummibärchen und die märchenhafte Stadt Berlin von ganzem Herzen lieben!

Der Nikolaus, der Nikolaus
kommt heut' in unser Haus!

Wir wollen ihn begrüßen
und seinen Tag versüßen!

"Dein Rucksack ist doch viel zu schwer,
ach Nikolaus komm gib ihn her!
Was willst Du mit der Rute, sprich
die brauchst Du hier ganz sicher nich'!
Dein Mantel ist auch viel zu warm,
ach gib ihn mir auf meinen Arm!
Die Stiefel sind doch viel zu nass,
ohne macht es viel mehr Spaß!
Hart gefroren ist Dein Bart,
wir kraulen ihn Dir weich und zart!
Ganz müde ist auch dein Rentier,
am besten es bleibt auch gleich hier!
Dein Schlitten will allein nicht steh'n
wir wollen ihn hier drinnen seh'n!"

Der Nikolaus, der Nikolaus
kommt heut' in unser Haus!

Stefan und der Nikolaus

Stefan war ein cleverer, gescheiter, heller und aufgeweckter Junge, dem so leicht keiner etwas vormachen konnte, denn er durchschaute meistens jeden Winkelzug seiner Schulkameraden und sie mussten sich schon mächtig anstrengen, um ihn einmal aus der Fassung zu bringen.
In der Nikolaus-Nacht vom 5. zum 6. Dezember jedoch ereignete sich etwas Beeindruckendes das Stefans Gedankenwelt ganz schön durcheinander wirbelte und ihn zum ersten Mal total fassungslos machte und das kam so:
Stefan stellte so gegen Abend bedeutungsvoll lächelnd seinen kleinen, roten Nikolaus-Stiefel vor die Haustür, bevor er schnell im Badezimmer verschwand um sich noch einmal ausgiebig die Zähne zu putzen. Er wollte heute auf gar keinen Fall auch nur das geringste Risiko eingehen, denn er hatte doch im vergangenen Jahr tatsächlich im Stiefel einen Zettel vorgefunden auf dem zu lesen war:

„Putzt sich der liebe Stefan
abends auch immer brav die Zähne?“

Das war für seine Begriffe eine recht dumme und unnötige Frage gewesen, denn selbstverständlich putzte er sich immer regelmäßig die Zähne!
Er hatte es höchstens zwei oder dreimal in der Woche vergessen, aber nur, weil er hundemüde gewesen war und sich kaum noch auf den Beinen halten konnte.
An diesem Nikolaus-Abend befolgte er aber sehr genau die Anweisungen seiner Zahnärztin und bearbeitete die Zähne ganz vorschriftsmäßig mit kreisenden Bewegungen von oben nach unten und von unten nach oben, denn für ihn stand eine Menge auf dem Spiel, da musste er sich schon ein wenig mehr anstrengen als sonst.

„He Stefan, Du hast heute Abend ja nur den kleinen Mini-Stiefel vor die Tür gestellt, was ist mit Dir los“ fragte seine Mutter und steckte neugierig den Kopf zur Tür herein.

„Du hast doch sonst immer einen von Vaters alten wuchtigen Gummistiefeln benutzt, ich wollte ihn Dir gerade vom Dachboden holen.“

„Ist wirklich nicht nötig Mami“ lächelte Stefan bedeutsam.

„Diesmal passt mein Geschenk in einen kleinen Stiefel, ich habe es genau ausgemessen.“

„Na, da bin ich ja mächtig gespannt, was das sein soll“ lachte die Mutter.
„So bescheiden habe ich Dich ja noch nie erlebt, Du bist doch nicht etwa krank?“
Mitfühlend strich sie über Stefans erhitzte Stirn und fühlte scherzhaft seinen Puls.

„Ein bisschen warm ist Dein Kopf schon, Du wirst doch kein Fieber bekommen?“

„Nein, wo denkst Du hin, das ist doch nur die Vorfreude auf das Nikolausgeschenk“ beruhigte Stefan und schrubbte weiter seine Zähne.

„Na, dann wollen wir uns mal überraschen lassen! Nun aber ab ins Bett sonst bist Du morgen früh nicht ausgeschlafen“ ermahnte die Mutter.
Sie gab Stefan einen dicken Gute-Nacht-Kuss auf die Wange und schloss erleichtert die Tür.

Als Stefan endlich mit Zähneputzen fertig war, schaute er noch einmal ins Wohnzimmer.

Er wünschte seinen Eltern liebevoll „Gute Nacht“ und verschwand ohne weiteres Geplänkel in sein Zimmer, das am Ende des Flures lag.
„Ein Glück, bis hierher ist alles gut gegangen“ frohlockte er, zog sich schnell seinen Schlaf-Anzug an, löschte das Licht und nahm sich ganz fest vor, sofort einzuschlafen, damit ihm in der Frühe reichlich Zeit blieb, sich über das Geschenk zu freuen und es natürlich auch schon ein wenig auszuprobieren.

Stefan hatte sich nicht erst zum Weihnachts-Fest, sondern ausnahmsweise schon zum Nikolaustag ein Smart-Phone mit Internet, Emails und Video-Funktion gewünscht, weil er unbedingt der Erste sein wollte, der in seiner Klasse so ein Wunder-Werk besaß.
Zu Weihnachten sollte sein bester Freund nämlich auch eins bekommen und dann wäre für ihn das wirklich Einmalige und Außergewöhnliche an diesem Geschenk verloren gewesen.

Stefan hatte sich daher auch mächtig für diesen Wunschtraum angestrengt, gute Schulnoten nach Hause gebracht und sich mehr als sonst hilfreich im Haushalt betätigt.

So stand seiner Meinung nach, der Erfüllung seines Herzens-Wunsches auch überhaupt nichts mehr im Wege.
Sicherlich würde seine Mutter wieder so gegen Mitternacht das Geschenk in den Schuh legen und am Morgen aus allen Wolken fallen, wenn sie das Päckchen sah und so überrascht tun, als ob sie mit allem überhaupt nichts zu tun hätte.

Stefan wusste natürlich schon lange Bescheid, dass es in Wirklichkeit keinen Nikolaus gab und seine Mutter diese Rolle übernommen hatte.
Er hatte im letzten Jahr auch sofort ihre verstellte Handschrift erkannt, als er den Spruch mit dem Zähneputzen gefunden hatte, aber er wollte ihr auf keinen Fall den Spaß verderben, denn sie hatten beide in einem stillen Einverständnis an dem wundervoll aufregenden Brauch festgehalten und jedes Jahr so getan, als ob sie noch an den alten Mann mit dem weißen Rausche-Bart glaubten.
Dieses Märchen war einfach zu schön, es durfte doch nicht einfach abgeschafft werden, nur weil er ein paar Jahre älter geworden war.

Stefan lag im Bett und stellte sich in der Fantasie sein Wunder-Handy vor.

Er fotografierte seine Eltern, die Verwandtschaft, seine Schulklasse sowie die unzähligen bunten Päckchen unter dem sehr liebevoll geschmückten Weihnachtsbaum. Außerdem machte er sich im Internet schlau und konnte gar nicht aufhören sein Geschenk auszuprobieren.
Es wollte und wollte aber auch nicht Mitternacht werden! Die Leuchtschrift auf seinem Wecker zeigte erst 23.00 Uhr an, also noch eine ganze Stunde Zeit bis zum Beginn des Nikolaustages.

Stefan wälzte sich unruhig im Bett und bekam vom angestrengten Nachdenken quälenden Durst.
‚Ob ich es wagen kann, mir noch schnell ein Glas Wasser zu holen, ohne dabei erwischt zu werden' überlegte er.
Er ließ es darauf ankommen, stand leise auf und schlich sich in den dunklen Flur.
Im Wohnzimmer lief noch immer der Fernseher! Seine Eltern schauten also in die Flimmer-Kiste, sie würden ihn nicht bemerken.

Stefan tastete sich daher im Dunkeln vorsichtig bis zur Badezimmertür. Genau in dem Moment, als er den Lichtschalter betätigen wollte, bemerkte er, dass ein Luftzug seine nackten Füße streifte.

Er stellte verwundert fest, dass die Haustür, die um diese Zeit immer fest verschlossen war, ein klein wenig offen stand.

,Schleicht hier etwa ein Einbrecher um das Haus, der es auf mein Foto-Handy abgesehen hat?
Na, der kann etwas erleben' dachte Stefan, nahm all seinen Mut zusammen und riss entschlossen die Haustüre voll auf!
Da stand doch tatsächlich ein alter Mann vor ihm, verkleidet mit einem Nikolaus-Kostüm und einem langen, weißen Rausche-Bart.

,Es ist doch wirklich unerhört, sich einfach zu kostümieren, um meinen Nikolaus-Stiefel leer zu räubern! Das ist in der Tat das allerletzte' zürnte Stefan empört.

Er wollte gerade seinem Herzen so richtig Luft machen, als der Nikolaus ihn bemerkte, sehr lieb anlächelte und ein Stückchen näher kam.

„Du bist also der Stefan!

Fein dass ich Dich persönlich kennen lerne, denn Du musst ja ein ganz besonderes Kind sein!

Deine Eltern haben nämlich ein recht teures Geschenk für Dich bei mir abgegeben“ bemerkte er anerkennend.
„So ein Wunder-Handy ist mir bisher noch nicht begegnet und ich war daher auch recht neugierig und habe es erst einmal ausgiebig betrachtet und ein wenig ausprobiert, ehe ich es dann für Dich eingepackt habe.
Nun gehört es aber Dir“ entschied der Nikolaus und legte Stefan den roten Stiefel in die bereits ausgestreckten Hände.

Stefan schaute sofort in den Schuh, wurde dann aber schneeweiß und stotterte:
„Aber da ist ja gar kein Foto-Handy drinnen, nur ein Stück Brot trockenes Brot!“
Was hat das zu bedeuten?
Stefan bekam einen hochroten Kopf, vergaß vollkommen seine gute Erziehung und gab dem Nikolaus den Stiefel enttäuscht wieder zurück.

Der alte Mann war total verwirrt, nahm das Geschenk in seine Hände und murmelte sehr leise, so dass Stefan ihn kaum verstehen konnte:
„O, hier handelt es sich um eine Panne, nein mehr noch um ein riesengroßes Missgeschick!

Eigentlich sogar um ein schreckliches Unglück! Ich verstehe überhaupt nicht, wie dieses Malheur geschehen konnte.
Dieser Nikolaus-Stiefel gehört meinem Kollegen, der die Tour in ein ganz armes Land hat.
Dort hat sich nämlich ein kleiner Junge, der so einen ähnlichen Namen hat wie Du, nichts inniger als ein Stückchen Brot gewünscht, damit er nicht verhungern muss.
Das ist nun wirklich eine recht unerfreuliche Verwechslung, hoffentlich entstehen daraus nicht noch schlimmere Verwicklungen.
Entschuldige bitte, das ist mir wirklich peinlich!“

Stefan stand mit weit aufgerissenen, ungläubigen Augen vor dem Nikolaus und traute sich nicht mehr, noch etwas zu sagen oder zu fragen.

Er hatte zwar im Fernsehen mal so nebenbei etwas von hungernden Kindern gehört und gesehen, aber immer schnell umgeschaltet, da sein Programm auf einem anderen Kanal lief und er den Anfang seiner Sendung auf keinen Fall verpassen wollte.
Alles, was aus der Flimmerkiste kam, war doch sowieso nur spannende Unterhaltung, eben Film-Theater, nichts weiter!

Es waren Sensationsgeschichten, die doch nicht unbedingt der Wahrheit entsprechen mussten! Überall wurden meist Dinge dazu erfunden, um die Sache interessanter zu machen, das durfte doch nicht ernst genommen werden!

Er selbst flunkerte bei seinen Erlebnissen ja auch oft etwas dazu, um die Situation spannender zu gestalten und seine Freunde taten das auch.
Warum sollte es also im Fernsehen anders sein?
Nein, das hatte er nie so richtig geglaubt!

„Stimmt das tatsächlich" stotterte Stefan nach einer Weile entsetzt.
„Das habe ich wirklich nicht gewusst, Du musst mir das unbedingt glauben!
Wie viele Kinder könntest Du denn mit meinem Geschenk satt machen, wenn Du es verkaufen würdest?"

„Bestimmt eine ganze Menge, hundert oder noch mehr" überlegte der alte Mann und schaute betrübt auf den vertauschten Stiefel.

„Dann behalte das Foto-Handy, Nikolaus!
Ich will es ganz bestimmt nicht mehr!

Meine altes Handy und mein Fotoapparat sind noch in Ordnung, ich kann also noch gut ein Jahr auf diese neue Kombination warten!
Vielleicht geht es den Kindern dann ja auch schon wieder etwas besser!
Bitte, verkaufe es, bitte!“

Statt einer Antwort fiel die Haustür jedoch mit einem lauten Knall vor Stefans Nase zu, er stolperte über etwas, das auf dem Fußboden lag und fiel der Länge nach auf die Nase.
„Au“ jammerte er! „Au, das tut ja richtig weh! Warum macht denn keiner Licht und hilft mir?“

In diesem Moment bemerkte Stefan, dass er nur geträumt hatte und doch tatsächlich aus dem Bett gefallen war.
Er rieb sich die Augen und schaute auf seinen Wecker.

Es war Mitternacht!

Genau der Moment, wo er sonst immer heimlich aufstand, um seinen Stiefel zu durchsuchen, ob auch das Gewünschte darinnen lag.
Stefan sprang auf, stürzte zur Tür riss sie auf und stieß tatsächlich mit seiner Mutter zusammen.

Sie meinte verschlafen:
„Ich bin gerade von einem sehr merkwürdigen Geräusch geweckt worden!
Es hörte sich genau so an, als ob etwas Schweres hingefallen wäre, ich habe aber nichts gefunden, ich habe mich wohl geirrt.
Der Nikolaus-Stiefel ist übrigens noch leer!
Du kannst also ganz beruhigt wieder in Dein Bett gehen, es ist noch nichts geschehen!
Marsch ab mit Dir, sonst holst Du Dir noch eine Erkältung!"

Stefan war vollkommen durcheinander.
Er hätte Stein und Bein schwören können, dass er alles wirklich erlebt und nicht geträumt hatte.

Den Rest der Nacht schlief er daher sehr unruhig und schaute recht unausgeschlafen aus, als seine Mutter ihn am frühen Morgen endlich weckte.

„Du scheinst doch nicht ganz in Ordnung zu sein" meinte sie bekümmert.
„Du siehst richtig krank aus!
Zieh Dir auf jeden Fall den Bademantel an und die warmen Hausschuhe, sonst kommst Du mir nicht an den Frühstückstisch!"

Stefan gehorchte ohne Widerspruch!
Er schlürfte seinen Kakao, beschmierte apathisch das Toastbrot und aß ohne wirklichen Appetit und richtige Freude.
Er hatte einen Kloß im Hals und wusste überhaupt nicht wie er sich benehmen sollte.

Dieses Verhalten war am Nikolaus-Morgen sehr ungewöhnlich.
Kein Wunder also, dass seine Mutter ihn recht misstrauisch beäugte, was ihn total fertig machte.

Stefan rannte daher nun doch schnell zur Haustür und öffnete sie hastig.
Er griff nach seinem Nikolaus-Stiefel und kam wieder zurück in die Küche.
Dort fasste er in den Stiefel und fühlte sofort, dass er ein gut verpacktes Geschenk in Händen hielt.
Er riss das Geschenkpapier aufgeregt herunter und da war sein Foto-Handy, und zwar so schön und begehrenswert, wie er es im Schaufenster und in seinen Träumen gesehen hatte.
Dicke Tränen kullerten aus seinen Augen und er flüsterte mit erstickter Stimme zu seiner Mutter:
„Weißt Du, ich habe es mir überlegt!

Nimm das Handy, bring' es wieder zurück ins Geschäft und lass Dir das Geld das Du dafür bezahlt hast wieder zurückgeben!

Von dem Betrag kann sicher ein ganzes Dorf armer Kinder mit Brot beliefert werden.
Bitte, spende das Geld in diesem Jahr einmal für hungrige Kinder in armen Ländern.
Bitte Mami, tu es, sonst kann ich nicht glücklich sein und mich überhaupt nicht auf Weihnachten freuen!"

Die Mutter sagte kein Wort, nahm das Handy und steckte es in die Tasche ihres Morgen-Mantels.
Dabei wischte sie sich unbemerkt eine Träne aus den Augen und meinte verlegen:
„Das werde ich machen und ich finde, mein Wintermantel vom vorletzten Jahr ist noch so schick und modern dass ich auf den neuen den ich unbedingt haben wollte, gut verzichten kann.

Ich werde den Betrag dazu tun, alles zur Bank bringen und auf ein Spendenkonto überweisen.

Du hast mich sehr beschämt, ich hätte auch selbst darauf kommen können."

Sie nahm ihren Jungen ganz fest in die Arme und Stefan drückte seine Mutter ebenfalls bewegt an sich und stotterte:

„Dieses Nikolaus-Erlebnis
werde ich bestimmt nie mehr vergessen!

So glücklich und zufrieden
wie in diesem Augenblick
habe ich mich nämlich noch nie gefühlt!

Großes Ehrenwort!"

RA-MICRO
KANZLEISOFTWARE
KFC
SATURN
Hertha BSC

Warum feiern wir Weihnachten?

Es war einmal an einem Spätnachmittag ganz kurz vor dem Weihnachtsfest.

Christine ging mit ihrer Mutter das erste Mal in Berlin über einen großen Weihnachtsmarkt.
Sie hatte sich in diesem Jahr von ganzem Herzen gewünscht, nach dem Mauerfall endlich West-Berlin zu besuchen und natürlich auch einmal über den festlich geschmückten Weihnachtsmarkt zu bummeln, der rund herum um die Gedächtnis-Kirche aufgebaut war.

Es roch verführerisch nach gebratenem Fleisch und Fisch, gebrannten Mandeln, Glühwein, heißer Schokolade und nach hundert anderen köstlichen Getränken und Mahlzeiten.

Dieser Duft lag wie eine dicke Wolke über dem Festplatz und Christine schaute begehrlich auf all' die herrlichen Dinge, die in den kleinen Holz-Häuschen zum Verkauf angeboten wurden.

In ihrem Köpfchen hatten sich die Wünsche zu Weihnachten zwar in jedem Jahr in schwindelnder Höhe gestapelt, bisher war aber leider immer alles nur ein Traumbild geblieben, denn in der Wirklichkeit gab es all die wundervollen Dinge, die sie sich ausgedacht hatte, überhaupt nicht!

Dieser Weihnachtsmarkt hier allerdings war keine Illusion, er war eine Tatsache!

Christine blieb daher immer wieder fassungslos stehen, um sich zu überzeugen, dass sie nicht träumte und all‘ diese Dinge tatsächlich vor ihren Augen ausgebreitet und zum Greifen nahe waren denn hier wurde sogar Spielzeug angeboten das sie sich noch nicht einmal in ihren kühnsten Träumen vorgestellt hatte.
Ja, das war Weihnachten!

Christines Hand wurde ganz feucht vor Aufregung und ihre Finger pressten sich zu einer Faust zusammen. Alles war so faszinierend!
Der Weihnachtstraum ihres Lebens wurde endlich Wirklichkeit! Christine fiel das Märchen vom Schlaraffenland ein als sie die vielen Stände mit Leckereien zum Essen und Trinken sah!

Sie wusste überhaupt nicht mehr, wofür sie sich entscheiden sollte.
Das war aber nicht alles, außerdem wurden noch Tausend andere Dinge gezeigt, wie Kerzen in Farben und Formen, die sie noch nie gesehen hatte, Fensterbilder aus Glas, Ketten, Armbänder, bunte Tücher, Strickwaren, Handarbeiten, warme Mützen, Handschuhe, Weihnachtsschmuck und vieles, vieles mehr!
Christine musste sich erst ganz langsam daran gewöhnen, dass dieser bunt geschmückte Markt wirklich existierte, denn in dem kleinen Dorf hinter Brandenburg, in dem sie lebte, gab es so eine Vielfalt von Geschenk-Angeboten nicht.

Nachdem sie sich mit ihrer Mutter alles gründlich angeschaut hatte, fiel ihr auf, dass das Christkind in der Krippe mit Maria und Josef, den heiligen drei Königen aus dem Morgenland, den Hirten mit ihren Schafen sowie Ochs und Esel an sehr vielen Ständen angeboten wurde.
Natürlich fehlte auch niemals der goldene Stern, der über dem Stall leuchtete.
Noch häufiger begegnete Christine allerdings dem Weihnachtsmann mit einer Schar blondgelockter Engel auf kunstvoll handgeschnitzten Wolken.

Außerdem begrüßten sie einige bunte Räucher-Männchen und Nussknacker aus dem Erzgebirge. Aus den Lautsprechern eines Karussells erklangen bekannte Weihnachtslieder, die Christines Herz so berührten, dass ihr einige Tränen die Wangen herunter kullerten.
Dann aber glaubte sie ihren Augen nicht zu trauen, denn sie bemerkte, dass die bunt bemalten Holzwagen, in denen fröhliche Kinder saßen, von lebendigen Eselchen gezogen wurden.

Die Mutter erklärte ihr aber sofort, dass die kleinen Maultiere zu Ehren des Christkindes im Kreise laufen durften, damit die Kinder einmal sehen konnten, wie lieb die Menschen und Tiere miteinander das Weihnachtsfest feiern können.

Christine blieb neugierig stehen, schaute eine Weile interessiert zu und fragte dann ihre Mutter:
„Bitte Mami, kannst Du mir erklären, warum die Mulis so traurig ausschauen? Eigentlich müssten sie doch glücklich sein, dass sie gemeinsam mit den Kindern Spaß haben dürfen. Das verstehe ich nicht, Mami!“

„Ach, sie sind wohl ein wenig müde!

Vielleicht ist ihnen aber auch etwas schwindelig! Immerhin laufen sie schon einige Stunden im Kreise herum“ informierte sie die Mutter.
„An den Krach müssen sie sich natürlich noch gewöhnen, denn normaler Weise befindet sich ihr Winterquartier ja an einem ruhigen Ort.
Ich finde aber, dass sie für jede Abwechslung froh und dankbar sein müssen, denn so ein toller und aufregender Job wird ihnen bestimmt nicht jeden Tag angeboten.
Sie sehnen sich nämlich genau wie Du nach netten Spielkameraden und wollen daher auch mit den Kindern gemeinsam glücklich sein.
Bei der Geburt des Christkindes war an der Krippe ja auch ein Eselchen dabei. Daher passt er auch so gut als lebendige Dekoration auf diesen Weihnachts-Markt, findest Du nicht auch?“

„Nein, denn ich verstehe leider noch immer nicht, warum sie so betrübt und gedrückt sind und warum sich das Christkind darüber freuen soll.
Ich bin zwar nur ein kleines Mädchen und habe bestimmt kein so reines und mitfühlendes Herz wie das Christkind, aber ich fühle mich überhaupt nicht glücklich, wenn ich die kleinen trübsinnigen Grauchen anschaue, ganz bestimmt nicht, Mami!

Irgendetwas stimmt hier nicht, Du sagst mir wieder einmal nicht die volle Wahrheit, oder?

Warum gibt es dort drüben am Stand Gyros Rindersteaks und Geschnetzeltes zu kaufen?
Ein Rind und ein Ochse standen damals doch auch an der Krippe vom Jesuskind. Dann gehören sie doch ebenfalls zu der heiligen Familie und dürfen auf keinen Fall zerstückelt und zerkleinert auf Papp-Tellern serviert werden.
Das verstehe ich nicht, Mami!

Warum gibt es sogar den Weihnachtsmann, die Engel und das Christkind aus Schokolade und Marzipan? Ich denke, das Christkind hat die Welt erlöst und hat uns die Liebe und den Frieden gebracht, dann dürfen wir es doch nicht einfach wie ein Nahrungsmittel aufessen, Mami!“

„Darüber habe ich mir bisher wirklich noch keine Gedanken gemacht und das solltest Du auch nicht, sondern Dich einfach nur freuen“ erwiderte die Mutter ungehalten.

„Alles, was Du hier siehst, wurde zum Spaß und zur Freude aufgebaut.

Du fühltest Dich doch bis jetzt auch glücklich und zufrieden, was ist nur mit Dir geschehen?
Frag‘ einfach nicht so viel dummes Zeug und genieße alles!
Schließlich sind wir nur zum Vergnügen und zur Belustigung nach Berlin gekommen!“

„Ich muss aber immerzu fragen, weil ich hier so viel Neues und Aufregendes sehe und erlebe, das ist doch verständlich!
Sag mal Mami, warum soll ich jetzt mit Dir neuen Christbaumschmuck zum Fest aussuchen obwohl Du Dich doch eigentlich immer darüber lustig machst und diesen Kitsch und geschmacklosen Kram verachtest?

Du sagst sogar über unsere Nachbarin, dass sie sich aufdonnert, abgeschmackt kleidet und wie ein billig sowie stillos herausgeputzter Weihnachts-Baum herumläuft.

Du verspottest sie und lachst sie sogar aus!
Das finde ich sehr ungerecht von Dir!
Wenn Du das wirklich nicht gut findest, dann darfst Du unseren Tannenbaum auch nicht mit Lametta und bunten Kugeln behängen.

Warum willst Du dem Christbaum, der so ein elegantes, wunderschönes Nadelkleid trägt, so etwas Schreckliches überhaupt antun, wenn Du es selbst nicht einmal gut findest?
Warum werden zum Weihnachtsfest eigentlich so viele Tannen- und Fichtenbäume abgeschlagen?
Du erzählst mir doch immer, dass die Menschen die Bäume genau so dringend zum Überleben benötigen wie ihre Lungen.
Warum müssen so viele Bäume für uns ihr Leben lassen, obwohl wir doch genau wissen, dass dies schlimme Folgen für alle Lebewesen hat?
Warum gehen wir am Heiligabend nicht in den Wald und erfreuen uns dort am Tannenbaum?
Die Weisen aus dem Morgenland sind doch auch zum Christkind hingegangen und haben es sich nur angeschaut sowie Geschenke mitgebracht.
Warum machen wir das nicht genau so?

Warum töten wir den Tannenbaum?

Er lebt doch und empfindet genau wie wir Hunger, Durst und sogar Schmerzen.
Ich habe in der Schule gelernt, dass Pflanzen sogar Fieber bekommen und es ausgebildete Ärzte gibt, die ihre Krankheiten heilen.

Wir behalten den Tannenbaum doch sowieso nur ein paar Tage in der Wohnung, dann beginnt er zu nadeln und wir werfen ihn in den Müll.

Weihnachten ist doch das Fest der Liebe!
Wer hat sich diesen schrecklichen Brauch zu Weihnachten nur ausgedacht Mami?“

„Das weiß ich auch nicht, aber nun hör‘ endlich mit Deiner dummen Fragerei auf!
Die Menschen handeln so, seit sie denken können und darum ist es auch gut und richtig“ gab die Mutter gequält zur Antwort.

„Und wie lange können die Menschen schon denken, Mami?
Wann beginnt der Mensch zu denken und wie alt muss er werden, um richtig denken zu können?

Warum sagst Du mir immer, dass ich mir um alles, was um mich herum geschieht, noch keine Gedanken machen soll, weil ich viel zu jung bin, um es zu verstehen?
Ich denke aber trotzdem, dass es mir keine Freude bereiten würde, wenn zu meinem Geburtstag so viele Pflanzen, Tiere und Bäume sterben müssen!

Und ich finde auch, dass kein Mensch an diesem Tag wirklich an das Christkind denkt, sondern nur an sich selbst!
Könntest Du Dir vielleicht einmal vorstellen, dass dieses lieblose Verhalten dem Christkind sehr schlimme Schmerzen bereitet?
Was wurde übrigens aus dem Christkind, als es erwachsen wurde? Verwandelte es sich dann in den Weihnachtsmann?"

„Nein, aber mir reicht es jetzt endgültig" schrie nun völlig entnervt die Mutter.
„Für diese Antworten fühle ich mich auch nicht zuständig, frag doch gefälligst Deinen Lehrer oder im Kindergottesdienst den Pfarrer!
Schließlich lege ich jeden Sonntag etwas Klein-Geld in den Klingel-Beutel, dafür kann ich auch verlangen, dass er Dir auf all diese Fragen eine Antwort gibt, das ist er mir schuldig!"

„So was muss ich überhaupt nicht fragen, darüber hat er uns schon eine Menge erzählt. Er sagt, dass all die Worte, die das Christkind einmal zu uns gesprochen hat, für uns aufgeschrieben wurden, damit wir die Fehler, die damals geschehen sind, heute wieder gut machen können.

Wir sollen unseren Nächsten lieben und nicht töten! Irgendwo auf der Welt ist aber immer Krieg und es herrscht Hunger und Elend!
Das verstehe ich nicht!
Warum schauen wir tatenlos zu und ändern nichts?
Warum sammeln wir zu Weihnachten Geld und spenden für die Kriegsopfer Nahrungsmittel und Kleidung?
Warum verhindern wir nicht einfach den Krieg und helfen sofort allen Hungernden sowie den Bedürftigen ohne ihre Angehörigen zu töten und ihre Häuser zu zerstören, das wäre doch einfacher!

Wo ist übrigens der Frieden geblieben,
den uns das Christkind
auf die Erde gebracht hat?
Wer hat ihn geklaut, Mami?

Sieh mal dort drüben stehen zwei Männer, sie haben eine Bratwurst in der einen und ein Glas Glühwein in der anderen Hand.
Sie haben etwas zu essen und zu trinken und zanken sich trotzdem heftig.

Warum können sie nicht Frieden halten, ***warum?***

Und ***warum*** erschallt jetzt auf einmal so laute Musik aus den Lautsprechern, Mami?
Es tut mir richtig weh in den Ohren, ich muss ja schreien damit Du mich verstehen kannst.
Dabei heißt das Lied doch:
„Stille Nacht, Heilige Nacht“,
aber Nacht kann es hier doch gar nicht werden, dazu brennen viel zu viele Lampen.
Ich kann kaum noch einen Stern sehen, denn gegen die vielen, großen und bunten Glühbirnen schauen sie richtig klein und mickrig aus!
Sie werden hier ja richtig ausgelöscht und zur Seite geschoben!
Warum..........................?“

„Ruhe“ schrie nun die Mutter mit letzter Kraft, „Ruhe und nochmals Ruhe!
Schließlich wollte ich hier mit Dir in eine gute Weihnachtsstimmung kommen, ***darum*** sind wir auf diesen Weihnachtsmarkt gegangen!
Du undankbares Kind, Du!
Nun habe ich die Stimmung für alles verloren!“

„Genau wie die Menschen den Frieden, die Freude und die Liebe auf Erden verloren haben, Mami?“

„ Frieden auf Erden
und den Menschen ein Wohlgefallen “

schallte es nun überlaut durch den Lautsprecher und Christine dachte:
‚Wem die Menschen so wohl gefallen?
Mir jedenfalls nicht!

Und all die Menschen
auf der ganzen Welt,
dürfen die sich etwa auch noch
keine Gedanken
über all diese Dinge machen???’

Weihnachtsmarkt in unserer Stadt,
das ist etwas, was nicht jeder hat!
Lichterglanz und Glockenspiel,
Fanfarenstoß, das verspricht schon viel!
Bratwurststand und Schmalzgebäck,
Zuckerwatte und Heidespeck!
Heiße Waffeln und kaltes Bier,
mag Gott dies alles? Oder wir?

Nikolaus und Weihnachtsmann
aus Lebkuchen und Marzipan.
Rauschgold-Engel und Karussell,
„Stille Nacht“ und „Jingle-Bell“!
Glühwein von dem Christelkind,
frisches Steak direkt vom Rind!
Blasmusik und Weihnachtsbaum,
Luftballons – ein Kindertraum!
Pizza, Gyros, Krautsalat,
Puffer, Crépes von früh bis spat!
Spendenbüchsen, wer gibt was?
Spenden macht ja so viel Spaß!

Gott zum Lob und Gott zur Ehr
holten wir dies alles her!
Jeden Wunsch erfüllen wir,
doch ist Weihnacht dadurch wirklich hier?

Wart's nur ab!

Es war einmal ein prachtvoller, herrschaftlicher, stattlicher und gut ausschauender Kastanienbaum. Neben ihm stand eine kleine, unscheinbare Tanne. Beide waren gute Freunde, trotzdem konnte es der Kastanienbaum nicht lassen, immer wieder seinen Kopf zu schütteln und ein wenig herablassend und spöttisch zu bemerken:
„Weißt Du Tanne, Du könntest Dich wirklich ein wenig mehr anstrengen und Deine Blätter einmal entfalten! Schau mich an, dann weißt Du, wie ein Blatt aussehen muss!
Du solltest auch etwas tun, Deine Blätter sind noch immer eingerollt und sogar spitz!
Du bist spitz, Du bist nicht so heiter, unbeschwert und ausgeglichen wie ich!
Du ärgerst Dich doch nicht etwa insgeheim, dass Du nicht so schön bist wie ich?"
Dies fragte er die Tanne jeden Morgen, an dem er erwachte und die Tanne gab darauf jeden Morgen zur Antwort ***„Wart's nur ab, wart's nur ab!"***
Der Kastanienbaum, der nicht gerade besonders geduldig war, wartete ab, aber es geschah nichts!

Der Frühling kam!
Der Kastanienbaum entfaltete sich nun mit einer Kraft, Stärke und Herrlichkeit, wie wohl kaum ein anderer Baum auf Erden.
Er schmückte sich aufwendig mit blütenweißen Kerzen und es gelang kaum einem Menschen, an ihm vorbeizugehen ohne seine üppige und prunkvolle Aufmachung zu bewundern und zu bestaunen.
„Siehst Du Tanne“ nickte er selbstgefällig.
„Nun streng Dich endlich auch einmal an, denn im Frühling blüht jeder anständige Baum!
Das ist normal und einfach selbstverständlich!
Und was machst Du?
Ich habe beinahe das Gefühl, Du stehst dort bloß dumm herum!“

Die Tanne kümmerte sich jedoch nicht um die spitzen Bemerkungen der Kastanie und meinte nur höflich und freundlich:

„Wart's nur ab, wart's nur ab!“

Der Sommer kam und ging!
Der Herbst zog über das Land und die Kastanie begann, stolz darauf hinzuweisen, dass sie bereits im Sommer erstklassige Früchte angesetzt hatte.

Diese waren jetzt voll entwickelt und ernte reif, denn auch dies gehörte sich so, jeder gewissenhafte Baum wusste, was er im Herbst zu tun hatte und seiner zukünftigen Generation schuldig war.

Die Kinder, die jetzt vorbei kamen, waren voller Vorfreude und riefen begeistert:
„Schaut nur, bald können wir wieder glänzend braune, sonnengebräunte Kastanien sammeln, das wird ein Riesen-Spaß!
Hoffentlich ist es bald so weit, denn mit den Kastanien kommen auch die Herbstferien und das ist immer eine doppelte Freude!“

Die Kastanie wurde durch dieses Lob noch stolzer und neigte sich wichtigtuerisch zur Tanne herab:
„Hast Du Dir eigentlich schon die Verpackung angeschaut, in die ich meine zahlreichen Früchte eingewickelt habe?

Das ist ein ganz besonderes Meisterwerk und Du wirst weit und breit keinen Baum finden, der so brillante Einfälle hat wie ich!“

Die kleine Tanne ließ sich durch das angeberische Gehabe der Kastanie aber immer noch nicht beeindrucken und meinte nur gelassen:
„Hast Du Dich jetzt etwa ein wenig geärgert?
Es sieht beinahe so aus, denn wenn Du Dir Deine Verpackung einmal ganz genau anschaust, wirst Du bemerken, dass sie mit unzähligen kleinen Stacheln behaftet ist, die fast so ausschauen wie meine Nadeln.
Nur nicht ganz so spitzenmäßig!
Sei nur vorsichtig, dass Du Dich nicht daran piekst, denn das kann recht schmerzhaft sein!“

„Das kann mir doch nicht passieren“ lachte die Kastanie übermütig.
„Achte Du lieber darauf, dass Du meine Haupt-Attraktion nicht verpasst, denn in den nächsten Tagen werde ich Dir noch imponierender und großartiger erscheinen.
Ich mische nämlich gerade die allerherrlichsten Gold- Rot- und Braun-Töne zusammen.
Damit werde ich all’ meine Blätter lichtecht und wetterfest einfärben und dann so interessante, reizvolle und abwechslungsreiche Kombinationen zusammenstellen, dass es Dir hoffentlich für lange Zeit die Sprache verschlagen wird!

Ich gebe mir wirklich große Mühe, meine Umwelt immer wieder zu überraschen, zu fesseln und zu unterhalten und bin daher auch ständig bemüht, mein Aussehen zu variieren, was man von Dir nicht gerade behaupten kann, denn Du bist immer gleich bleibend langweilig.
Du könntest endlich auch einmal etwas für Dich tun, fällt Dir denn überhaupt nichts zu diesem Thema ein?“

„Ach Kastanie“ lächelte die Tanne bescheiden.
„Ich bin von Deinem Modebewusstsein und den vielen Aktivitäten wirklich tief beeindruckt, aber lass mich bitte einfach so, wie ich bin!
Ich bin eben anders als Du und im Übrigen kennst Du doch meine Antwort die auch immer noch die Selbe ist:

„Wart's nur ab, wart's nur ab!“

Dann aber kam ein Morgen, an dem es unheimlich still war.
Die Kastanie sprach kein einziges Wort, und das war wirklich sehr erstaunlich und ungewöhnlich.
Was war geschehen?

Die Kastanie schämte sich, denn sie war jetzt völlig kahl, leer und blank.
Nicht ein einziges Blatt schmückte ihre Äste.
Ein heftiger Sturm war in der Nacht über das Land getobt und hatte ihr in einer einzigen Nacht alle Herrlichkeit und Pracht genommen.

Es war beängstigend still und die Tanne traute sich nun auch nicht, ein Gespräch zu beginnen, weil sie gut mitempfinden konnte, wie betrübt und verzagt die Kastanie jetzt sein musste.

Nach langer Zeit des Schweigens bemerkte sie dann aber doch mitfühlend:
„Du brauchst doch nicht zu verzweifeln!
Du hast doch selbst gesagt, dass im Frühling jeder Baum blühen und im Herbst die Blätter färben sowie Früchte tragen muss!
Nun, dann geh doch einfach mit der Zeit und erfinde schnell eine Mode für den Spätherbst!
Jetzt ist eben modern, nichts zu tragen, einfach kahl, gelöst, unabhängig und ohne Last zu sein!

Ich persönlich kann an dieser neuen Mode nichts Schlimmes finden, denn an meiner Freundschaft zu Dir ändert sich dadurch überhaupt nichts.

Das Wichtigste ist doch, dass ich Dich mag und Deine Sorgen verstehen kann.
Deine Kleidung spielt dabei für mich überhaupt keine Rolle."

Die Kastanie ließ sich durch diese liebevollen Worte aber nicht aufmuntern und schwieg!

In einer der folgenden Nächte aber geschah etwas!

Es war eine „Stille Nacht" !

Ganz lautlos fielen Schneeflocken auf die Erde herab und bedeckten die kahle Kastanie, so dass sie nun wieder mit einem eleganten, weißen Gewand bekleidet war und richtig vornehm und feierlich in die Welt blickte.

Sprechen konnte sie aber trotzdem noch nicht, denn was sie nun erblickte, verschlug ihr einfach die Sprache, sie war völlig überwältigt!

Direkt neben ihr stand doch tatsächlich die kleine, unscheinbare Tanne und funkelte, blitzte, glitzerte und leuchtete so stark, als ob sie mit Tausenden von Diamanten besetzt wäre.

Sogar der Mond schaute neugierig hinter einer Wolke hervor und warf voller Begeisterung einen leuchtenden Stern vom Himmel herab und zwar haargenau auf die Spitze der Tanne.
Dort oben blinkte und strahlte er so hell, dass alles um die kleine Tanne herum in ein warmes, weiches Licht getaucht wurde.
Die Tiere des Waldes wurden ebenfalls magisch von dem geheimnisvollen Lichtstrahl angezogen, kamen herbeigeeilt und blieben bewundernd vor der kleinen Tanne stehen.

Da konnte die Kastanie auch nicht anders.
Sie neigte, nicht nur unter der Last des Schnees, ganz tief ihre Äste und flüsterte ehrfurchtsvoll und staunend:

„Jetzt verstehe ich Deine Worte:
„Wart's nur ab"

„Ja, ja Kastanie" nickte die Tanne bedeutungsvoll.

„Manchmal muss jeder von uns schon eine Menge Geduld aufbringen, um herauszufinden, welche Lebens-Aufgabe für ihn bestimmt ist.

Jeder hat eben eine andere Aufgabe,
seine Aufgabe!
Einer hält seine Blätter zusammen, rollt sie auf,
der andere breitet sie aus!
Einer ist groß und mächtig,
der andere klein und bescheiden!

Wichtig ist aber immer nur,
im richtigen Augenblick das Richtige zu tun
und das muss jeder ganz alleine
für sich selbst entscheiden!
Er darf sich da niemals
und unter gar keinen Umständen
hineinreden lassen!"

„Natürlich" nickte die Kastanie anerkennend.
„Das verstehe ich jetzt!
Im nächsten Frühjahr werde ich ganz bestimmt daran denken und Dich auf jeden Fall nicht mehr bedrängen sondern in Ruhe lassen.
Das verspreche ich Dir hiermit ganz feierlich!"

Ob die Kastanie ihr Wort gehalten hat?
Nun Ihr wisst es, wenn Ihr Euch das Märchen noch einmal von vorne anhört oder durchlest!

Wart's nur ab, wart's nur ab, wart's nur ab,
dann wunderst Du Dich
gar nicht mal so knapp!

Am Morgen sagt die Kastanie:
„Tanne, was stehst Du nur rum?
Immer nur grüne Nadeln,
das ist doch viel zu dumm!

Im Frühling prahlt die Kastanie:
„Schau meine Kerzen nur an,
sie leuchten hell und herrlich,
wie sonst kein Baum es kann!“

Im Herbst ruft stolz die Kastanie:
„Viel' Früchte trage ich nun!
Bald färbe ich meine Blätter,
wann wirst auch Du was tun?“

Im Winter schweigt die Kastanie
ganz kahl stellt sie sich uns dar!
Doch die Tanne funkelt
im Schneekleid wunderbar!

Wart's nur ab, wart's nur ab, wart's nur ab,
nun wunderst Du Dich gar nicht mal so knapp!

O Tannenbaum, O Tannenbaum

Es war einmal eine zauberhafte, kleine Tanne. Sie stand im Vorgarten eines Einfamilienhauses und war über ihren Platz überglücklich weil sie sich hier bereits wie im Paradies fühlte.
In dem Haus, vor dem sie stand, wohnte nämlich eine sehr liebe Familie: Ein Vater, eine Mutter, ein Bub und ein Mädel. Eine Idealfamilie wie im Bilderbuch, denn sie war gutherzig und hilfsbereit zueinander sowie zu allen Menschen, die ihr nahe standen.
Kurz gesagt, unsere Tanne war die glücklichste hier auf Erden und freute sich jeden Morgen, dass sie mit lieben Menschen ein friedliches, traumhaft schönes Leben führen durfte.
Für die kleine Tanne war die Welt daher in Ordnung und sie konnte es gar nicht fassen, wenn sie einmal Geschrei und böse Worte aus dem Nachbarhaus hörte. Der Wind blies dann aber auch immer recht schnell in eine andere Richtung, damit die kleine Tanne nicht alles mitbekam.
Am glücklichsten war unsere kleine Tanne aber zur Weihnachtszeit.

Gegen Abend konnten sie dann sogar ins Haus schauen, wenn die Kinder Kerzen anzündeten, sie auf die Fensterbank stellten und mit sehnsüchtigen Augen in den Himmel schauten, um sich von Herzen recht viel Schnee zu wünschen, denn zu einem richtigen Weihnachtsfest gehörte für sie auch das weiße Festtags-Kleid, in das sich die ganze Landschaft einhüllte.

Ob die federleichten, zarten Schneeflöckchen es in diesem Jahr noch rechtzeitig schaffen würden? Ihr Erscheinen war immer sehr aufregend, denn sie hatten eine weite Reise hinter sich und viel gesehen und erlebt, bevor sie sich endlich auf der kleinen Tanne zur Ruhe setzen konnten.

Dann jauchzten auch die Kinder, formten runde, feste Bälle aus den Schneeflocken und bewarfen sich übermütig damit.

Zuerst bekamen die duftigen und verletzlichen Flöckchen ja immer große Angst, wenn sie so zusammengepresst wurden, aber sie lachten und vergnügten sich ebenfalls, wenn der Ball auf der Erde landete, sich wieder auflöste und die hauchzarten Schneeflocken befreite.

Das war wirklich ein sehr lustiges Spiel und alle Beteiligten konnten überhaupt nicht genug davon bekommen.

Am ersten Advent wurde die kleine Tanne aber ganz besonders geehrt.
Sie bekam eine Lichter-Kette aufgesetzt und die Familie bestaunte sie und war überglücklich, dass sie eine so gut gewachsene Tanne vor ihrem Haus und Wohnzimmerfenster hatte.
Die Lichter wurden jeden Abend eingeschaltet und sehr oft brannten die Kerzen sogar die ganze Nacht hindurch, wenn der Vater vergessen hatte, den Stecker herauszuziehen.
Das war natürlich abenteuerlich, denn bei Nacht sah alles noch viel feierlicher und festlicher aus, besonders beim Lichterglanz in den Nächten vor Weihnachten.
Manchmal kam sogar ein kleines Mäuschen aus dem Erdloch gekrochen und blinzelte erstaunt und verwundert in das warme, goldene, ungewohnte Kerzen-Licht.
Weihnacht, ja, das ist schon eine ganz besonders geheimnisvolle Zeit für alle Pflanzen und Tiere, denn sie sind Freunde der Menschen und teilen daher auch ihre Gefühle.

Sie fühlen ihren Schmerz sowie ihre Freude und lassen entweder traurig den Kopf hängen oder sind fröhlicher Dinge.
Unsere Tanne aber kannte keine Schmerzen, sie war ein ***Freude-Tännchen.***
So fühlte sie sich und so nannten sie auch alle, die mit ihr in Berührung kamen.
Sie war voller Freude und verschenkte sie weiter, ohne jemals schlechte Laune zu haben.

Eines Morgens jedoch erwachte sie
mit argem Kopfweh.
Was war geschehen,
war ihr etwas auf den Kopf gefallen?

Nein, alles war in Ordnung und doch: ....
Angestrengt dachte die kleine Tanne nach und dabei fielen ihr wieder ein paar Wortfetzen ein, die ihr diese Schmerzen bereitet hatten.
Was hatte doch der Vater gesagt?
„Die Tanne wird leider jedes Jahr größer und versperrt uns bald die Sicht.
Ich finde, wir könnten ab jetzt auf sie verzichten!
Lange genug haben wir sie ja nun gehabt und da die Preise für Christbäume in diesem Jahr sowieso viel zu hoch sind, holen wir sie uns ins Zimmer!

Dabei sparen wir eine Menge Geld!“

Je länger Freude-Tännchen aber über diese Worte nachdachte, je mehr hielt sie alles nur für einen bösen Traum und lachte schon wieder über das ganze Tannenkleid, als die Kinder aus der Schule nach Hause kamen und sie übermütig mit Schnee bewarfen.
Endlich hatte es geschneit.
Es wurde aber auch höchste Zeit, denn es waren nur noch wenige Tage bis zum Weihnachtsfest und sie mussten ja noch einen Schneemann für das Christkind und den Weihnachtsmann bauen.
Am besten sogar eine ganze Familie mit roten Mohrrüben-Nasen, lustigen, bunten Knöpfen auf dem Bauch, und einer warmen Pudelmütze auf dem Kopf! Dann konnte doch jeder sofort sehen, dass hier fleißige und brave Kinder wohnten.

An diesem Spaß beteiligten sich aber auch immer die Eltern und wurden noch einmal ausgelassen und übermütig wie die Kinder.

Oft stimmten sie sogar ein feierliches Weihnachts-Lied an, das Freude-Tännchen besonders gerne hörte, weil sie darin vorkam.

Nicht einmal im Traum hätte sie geglaubt dass es ein Lied geben könnte das von ihr handelt und dazu noch ein so wunderschönes!
Jedes mal kamen ihr vor Freude Tränen in die Zweige und sie summte leise mit:

„O Tannenbaum, O Tannenbaum,
wie grün sind Deine Blätter.
Du grünst nicht nur zur Sommerzeit,
nein auch im Winter, wenn es schneit“

„Wenn es schneit“ wiederholte die kleine Tanne. Ja, wenn dies geschah, kam bald der schönste Tag im Jahr für alle Menschen auf der ganzen Welt.

Diesmal fühlte sie aber kein Glück, sondern nur eine tiefe Trauer.
Sie hatte nämlich doch nicht geträumt!
Die Kinder schauten sie ebenfalls mit prüfenden Blicken an, als sie aus der Schule nach Hause kamen und schüttelten und rüttelten arg an ihren Zweigen. Sie lachten und freuten sich darüber, dass ihr Freude-Tännchen bald mit Lametta, Naschwerk, bunten Kugeln und vielen Kerzen geschmückt, im Wohnzimmer stehen würde.
Das konnte Freude-Tännchen nicht verstehen!

Wie wollten die Kinder denn weiter leben, ohne ihr fröhlich „Guten Morgen“ und „Gute Nacht“ zuzurufen und wie sollte es Frühling, Sommer, Herbst und Winter ohne Freude-Tännchen werden? Nein und nochmals nein, das war zu grausam, das konnte einfach nicht wahr sein und Freude-Tännchen wurde von einer zur anderen Sekunde zum Trauer-Tännchen.
Tief senkte es die Zweige auf die Erde und weinte lautlos vor sich hin.
Das hatte der Wind noch nicht erlebt, auch das Mäuschen nicht und all die anderen Tiere.
Sogar die Menschen, die vorbeigingen, schauten verwundert, denn sie vermissten den warmen Freudenstrahl, den ihnen Freude-Tännchen sonst immer beim Vorbeigehen zugeschickt hatte.
Nein, so konnte Weihnachten doch nicht gedacht sein! Die Menschen sangen doch:

„ Frieden auf Erden“
„O Tannenbaum, O Tannenbaum “
„O du fröhliche, O du selige,
Gnade bringende Weihnachtszeit!“

Hier stimmte etwas nicht!
Trauer-Tännchen verstand die Welt nicht mehr und schickte ein Stoßgebet zum Himmel:

„Bitte, bitte, lieber Gott,
lass die Gnade bringende Weihnachtszeit
zu mir kommen und lass mich leben!
Das ist mein innigster Herzenswunsch!
Ich bin doch so glücklich und habe
keiner Menschenseele etwas angetan,
sondern immer nur Freude verschenkt!
Bitte, bitte, lieber Gott, wenn es Dich gibt,
dann lass auf Erden
nie mehr Weihnachten werden!“

Auch die Kinder falteten am Abend ihre Hände jedoch hörte sich ihr Gebet ganz anders an:

„Bitte, bitte, lieber Gott,
lass recht bald Weihnachten werden!
Dann holen wir die Tanne ins Zimmer
und breiten all unsere Geschenke unter ihr aus!
Wir können es gar nicht erwarten und freuen
uns schon so sehr auf dieses Weihnachtsfest!
Bitte, bitte, lieber Gott,
lass recht bald Weihnachten werden!“

Was meint Ihr,
welches Gebet hat der liebe Gott wohl erhört?

O Tannenbaum, O Tannenbaum,
wie grün sind Deine Zweige.
O Tannenbaum, O Tannenbaum,
Dein Leben geht zur Neige!
Wir holen aus dem Wald Dich fort,
verbannen Dich an fremden Ort!
O Tannenbaum, O Tannenbaum,
wir tun Dir viel zu Leide!

O Tannenbaum, O Tannenbaum,
Du kannst uns sehr gefallen.
O Tannenbaum, O Tannenbaum,
Du schenkst Dich selbst uns allen.
Warum grade zur Weihnachtszeit
zerstören wir Dein schönes Kleid?
O Tannenbaum, O Tannenbaum,
die Frag wird nie verhallen!

O Tannenbaum, O Tannenbaum,
was will Dein Kleid uns lehren?
O Tannenbaum, O Tannenbaum,
Du kannst Dich nicht mal wehren.
Der Mensch behängt in jedem Jahr
Dein Kleid mit Tand und Engelshaar.
O Tannenbaum, O Tannenbaum,
wo kannst Du Dich beschweren?

O Tannenbaum, O Tannenbaum,
was ist mit Dir geschehen?
O Tannenbaum, O Tannenbaum,
ob wir das je einsehen,
dass in Dir reines Leben ist
und Du kein Modepüppchen bist?
O Tannenbaum, O Tannenbaum,
wann wird der Mensch verstehen?

O Tannenbaum, O Tannenbaum,
warum musst Du nur sterben?
O Tannenbaum, O Tannenbaum,
um für das Fest zu werben?
Zur Weihnacht soll doch Frieden sein
fällt uns dazu nichts Bessres ein?
O Tannenbaum, O Tannenbaum,
als Leben zu verderben?

O Tannenbaum, O Tannenbaum,
kannst Du uns je verzeihen?
O Tannenbaum, O Tannenbaum,
Du Lebensbaum im Freien!
Du wirst von uns Dein Leben lang
gefesselt in den Weihnachtszwang.
O Tannenbaum, O Tannenbaum,
wer kommt, Dich zu befreien?

Träume - Tännchen

Es war einmal eine wunderschöne, kleine Tanne. Sie stand inmitten ihrer Tannen-Geschwister und unterschied sich äußerlich kaum von ihnen aber tief in ihr war ein Gefühl, ein Ahnen und Wissen, dass sie viel mehr war, als nur eine gewöhnliche, einfache Tanne.

Für sie lag ein Geheimnis in der Luft, das sie liebevoll umhüllte und sie wusste ganz sicher:

„Eines Tages
werde ich ein Wunder erleben!
Alles wird sich verändern
und nichts wird so sein wie es vorher war!"

Diese Gewissheit machte sie so glücklich, dass sie äußerlich immer geheimnisvoller, anziehender, bezaubernder und reizvoller wurde.

Weit und breit war sie nun die märchenhafteste herrlichste, wunderbarste betörend gut aussehende Tanne und alle in ihrer Nähe freuten sich mit ihr.

Ihre andachtsvolle, festliche, feierliche, glanzvolle und würdevolle Stimmung war für alle äußerst aufregend.
Die vorbeiziehenden Vögel ruhten sich gerne in ihren Zweigen aus und erzählten von Abenteuern, die sie auf den weiten Reisen erlebt hatten.
Dabei geschah es schon einmal, dass einige Dinge für die kleine Tanne schwer zu verstehen waren und sie sich große Mühe geben musste, die Vogel-Sprache richtig zu deuten.

Ein Bericht ging ihr daher auch nicht mehr aus dem Kopf und ließ ihr keine Ruhe.

Sie wiederholte immer und immer wieder tief in ihrem Herzen die geheimnisvolle Geschichte, die ihr die aufgeregte Vogelschar erzählt hatte:

***‚Wir kennen eine kleine Kapelle,
die gar nicht weit entfernt
auf einem schlichten Hügel steht
und zu Weihnachten in einem überirdischen
Glanz leuchtet und strahlt,
weil dann alle Sterne sowie auch der Mond,
die kleine Kirche in einen
goldenen und silbernen Schein hüllen.***

Auch die Menschen, die in dieser Zeit
die himmlische Kapelle besuchen,
sind nicht wieder zu erkennen,
weil ein verträumtes, glückliches Lächeln
ihre Gesichter verzaubert.

Sogar die Glocken
klingen viel reiner, süßer und melodischer,
so, als ob sie auch lebendig sind
und allen Menschen, Tieren und Pflanzen
etwas Außergewöhnliches zurufen.

Jeder vernimmt zwar eine andere Botschaft,
aber eins kehrt immer wieder,
dringt voller Zärtlichkeit in jedes Herz,
und zwar dieses eine Wort: „Weihe-Nacht“.

Weihe-Nacht, dieser Begriff übte auch auf die Tanne einen außergewöhnlichen Zauber aus.
Sie erzitterte, wenn sie nur ganz leise für sich dieses Wort dachte und sie erbebte oft, denn immer wieder musste sie darüber nachdenken.

‚Was bedeutet das Wort Weihe-Nacht?
Wem wird diese Nacht geweiht?
Ist dies das Wunder, von dem ich träume?‘

Die kleine Tanne seufzte sehnsuchtsvoll:

„O hätte ich doch nur Flügel wie meine kleinen Freunde und könnte durch die Scheiben der Kapelle schauen, nur ein einziges Mal!“

Dieses wurde ihr sehnlichster Wunsch und bald konnte sie an nichts anderes mehr denken.

Ihren Tannen-Geschwistern fiel es auch sehr bald auf, dass sie recht oft vor sich hin träumte und sie nannten sie daher liebevoll:

„Träume - Tännchen“

Der Wind, der immer neugierig war und gerne alles weiter trug, erzählte es den anderen Tannen und die Kunde ging weiter und weiter und bald war es im ganzen Wald bekannt.
Die Sterne funkelten es sich sogar zu und der Mond, der auch gerne träumte und daher Träume Tännchen nur allzu gut verstand, schenkte ihr einen silbernen Traumschleier, den er ihr voller Liebe über das Tannenkleid legte.
Jetzt war sie noch romantischer, märchenhafter, stimmungsvoller, bezaubernder und traumhafter!

Ja, nun war allen, die Träume - Tännchen sahen oder von ihr hörten, vollkommen klar, dass sie etwas ganz Besonderes sein musste, denn so ungewöhnliche Gedanken und Träume hatte sonst kein Tannenkind weit und breit.
Für alle verlief ein Tag immer genau wie der andere und die Nacht war einfach nur ein etwas dunkel geratener Tag, weiter nichts.
Was sollte also an einem dunklen Tag, einer Nacht, beachtenswert und bedeutsam sein?
Nein, sie konnten alle nichts Beeindruckendes an dem Wort „Weihe-Nacht“ entdecken.

Aber vielleicht irrten sie sich ja und es war doch etwas dran an diesen eigenwilligen Träumen, wer konnte das schon so genau wissen?

Dann geschah aber doch etwas sehr Spannendes in der Nacht!
Ein kaum wahrnehmbares Flüstern, Kichern und Tuscheln weckte Träume - Tännchen aus ihrem tiefen Schlaf und etwas Hauchzartes, Duftiges berührte zärtlich ihre Tannen-Nadeln.

Es fühlte sich daunenweich, flaumig, kitzlig und sehr vertraut an, so dass sie leise lachen musste.

Ob so die Weihe-Nacht begann?
So herzlich, verspielt und fröhlich?

Ja, dies war eine unbeschwerte, heitere Nacht!
Millionen federleichter Schneeflocken schwebten vom Himmel herab und erzählten vergnügliche bewegte und spannungsvolle Geschichten.

Was würde wohl noch geschehen?

Nun tanzten die weißen Zauberflocken sogar nach dem geheimnisvollen Wort „Weihe-Nacht" einen Reigen und die Luft war erfüllt mit Singen und Klingen, einem hoffnungsvollen Sehnen sowie einem spannenden: ***„Was wird sein?"***

Diese erwartungsvolle Atmosphäre aber wurde plötzlich durch fremde Geräusche gestört.
Menschen näherten sich und ihre schweren Stiefel knirschten im frisch gefallenen Schnee.

Was wollten sie hier?
In diesen äußerst versteckt gelegenen kleinen Tannenwald hatte sich bisher noch niemals ein Mensch verirrt.
Heute geschahen wirklich merkwürdige Dinge.

Dies war tatsächlich eine aufregende Nacht und die Tannen steckten neugierig und vorwitzig ihre spitzen Nadeln in die Luft, damit sie auch ja alles mitbekamen.
Die Menschen suchten etwas, denn immer wieder schauten sie sich um.
Dann aber sahen sie alle wie auf Verabredung gebannt in eine Richtung und riefen begeistert:

„Das ist sie, unsere Traum-Tanne,
unsere Weihnachtstanne!
Sie alleine ist würdig,
heute Nacht in der Kapelle zu stehen!“

Träume - Tännchen fürchtete sich vor so viel Ehre, sie wurde ganz ehrfürchtig, ruhig und still.
Ihr war so seltsam ums Herz so wundersam gelöst glücklich und unbeschwert.

Was dann aber geschah, zerstörte den Frieden, die heilige Stille!
Die Menschen durchsägten den Stamm der kleinen Tanne und sie fiel um und lag nun leblos vor ihren Geschwistern.

Damit hatte keiner gerechnet!

Alle waren voller Zuversicht, Glauben, Hoffnung und froher Erwartung gewesen und nun passierte so etwas Schreckliches!
Sie weinten bitterlich und konnten durch ihren Tränenschleier nur ungenau wahrnehmen, was jetzt mit ihrem Träume - Tännchen geschah:

Genau in dem Moment, als die Menschen die kleine Tanne wieder auf die Erde stellten, verwandelten sich alle Schneeflöckchen, die auf Träume - Tännchen gefallen waren, in weiße Blüten, die einen betörenden Duft verströmten.

Nur in der Weihe-Nacht streuen Engel silberweiße Blumen-Blüten auf die Erde und wenn es kalt ist, gefrieren sie zu Schnee-Blüten.
Wer von ihnen aber eine Weihe-Nacht-Tanne berührt, erwacht aus seinem Schlaf und wird wieder eine Himmelsblüte.

Diesen Traum erlebten jetzt die Tannen und ihre gefrorenen Tränen, die als Eiszapfen an ihren Zweigen hingen, begannen voll tiefer Rührung zu tropfen, denn sie glaubten fest daran, dass nun für ihr Träume Tännchen der lang ersehnte Wunsch-Traum in Erfüllung ging.

Sie fühlten sich in diesem Augenblick ebenfalls auserwählt, weil sie bei der überwältigenden, wunderbaren Begebenheit dabei sein durften.

Und ein Wunder spricht sich schnell herum!
Die Tiere des Waldes kamen, so schnell ihre Füße sie trugen, durchs Dickicht gelaufen und schauten neugierig und verwundert auf die kleine Tanne mit ihren wundervoll duftenden und traumhaft himmlisch wunderschönen Schnee-Blüten.

Da dies aber die Nacht der Wunder war, geschah noch etwas Glanzvolles:
Der Mond schickte einen silbrig schimmernden und leuchtenden Licht-Strahl auf die Erde, der wie eine Rutschbahn aussah.
Auf ihr purzelte eine Reihe kleiner, funkelnder, blinkender und freudestrahlender Sternenkinder herab, direkt auf Träume - Tännchen.

Nun war sie
eine Weihnachts-Tanne!
Geschmückt mit
glitzernden und leuchtenden
Weihnachts-Sternen und
duftenden Weihnachts-Blüten!

Alle hielten den Atem an und die Menschen falteten ihre Hände zum Gebet und standen ganz andächtig vor der kleinen Tanne.
Ja, einige wischten sich sogar heimlich eine Träne aus dem Auge.
Dies war eine unvergessliche himmlische Nacht, die sich so schnell nicht wiederholen würde.

Ganz vorsichtig und sehr behutsam trugen die Menschen ihre Weihnachts-Tanne zu der Kapelle und dort stand sie nun, geschmückt mit schneeweißen Blüten, silbernen sowie auch goldenen Weihnachts-Sternen und mit einem leuchtenden Silberband, das der Mond noch schnell wie eine Girlande von Ast zu Ast gezogen hatte, bevor Träume-Tännchen weggetragen wurde.

Jetzt war sie eine Tanne voller Wunder!
Eine wundervolle Tanne!
Eine echte Weihnachtstanne!

Eine heilige Stille senkte sich auf die Erde, und die Menschen in der Kapelle fielen auf ihre Knie, fassten sich an den Händen und sangen, dass es weithin in die Nacht schallte, das weltbekannte Weihnachtslied mit einer ganz neuen Strophe:

Stille Nacht, Heilige Nacht!
Keiner schläft, alles wacht,
weil in dieser hochheiligen Nacht
alle Schöpfung zum Leben erwacht.
Drum: Erwache auch Du!
Schlaf nicht,
denn Leben bist Du!

Der Wind trug die Melodie weiter, hin zu den Tannen, den Tieren des Waldes und immer weiter in die Welt hinaus bis zu allen Menschen in jedem Winkel der Erde und alle sangen diese neue Strophe voller Gefühl und Herzens-Wärme mit!

Wer aber dachte in diesem Moment daran,
dass Träume -Tännchen
zwar ihren Traum erleben durfte,
aber niemals mehr daraus erwachen
und weiter leben würde?

Und wem ging dieses Ereignis so zu Herzen
dass er nie mehr nur träumen,
sondern endlich aufwachen
und leben wollte?

TRÄUME – TÄNNCHEN

Träume - Tännchen, Träume - Tännchen,
bald ist Weihe-Nacht
und vom hohen Himmel
fallen weiße Sterne sacht!

Dein Traum wird heut wahr,
das ist Dir sternenklar:

Weihnachtsbaum willst Du sein,
das ist Dein Glück allein!

Der schönste Baum weit und breit
bist Du in Deinem Traum-Kleid!

Träume - Tännchen, Träume - Tännchen,
bald ist Weihe-Nacht
und vom hohen Himmel
fallen weiße Sterne sacht!

Kirchenbesuch am Heiligen Abend

Es war einmal an einem Heiligen Abend!
Die Glocken der Kirche begannen zu klingen und zu schwingen.
Das war ein starkes Gefühl, das war irre!
Michael saß mit seinen Eltern in der ersten Reihe und lauschte diesem gewaltigen Klang.
So nahe hatte er die Glocken noch nie gehört, denn in der Regel kam seine Familie immer erst in der allerletzten Minute, da sang die Gemeinde schon und sie mussten ganz weit hinten auf einem Stuhl vorlieb nehmen oder sogar stehen.
In diesem Jahr aber hatten sie sich jedoch sehr beeilt und auch tatsächlich einen Sitzplatz in der ersten Reihe erwischt.
Michael genoss das wohlige Gefühl, von seinen Freunden beneidet zu werden und fühlte sich in einer gespannten, erwartungsvollen Stimmung.
An diesem Weihnachtsabend hatte er aber auch ein Recht darauf, hier vorn zu sitzen, denn gleich würde ein Krippenspiel beginnen, in dem seine Schwester die Hauptrolle spielte.

Sie war die Maria!
Diese Sensation konnte er sich auf keinen Fall entgehen lassen.
Michael rutschte unruhig auf seinem Sitz hin und her und seine Aufregung wuchs von Minute zu Minute. Ausgerechnet Michaela, die sich mit der ganzen Welt anlegen und zu jeder Situation bohrende Fragen stellen konnte, hatte die Rolle der friedfertigen, sanftmütigen und zartfühlenden Maria bekommen.

Eine reine Fehlbesetzung, wenn man ihn fragen würde, aber leider fragte ihn ja keiner, leider!

Alles, aber auch alles konnte er sich vorstellen, nur nicht Michaela in der Rolle der Maria!

Auf der Generalprobe hatte es natürlich schon ein Affentheater wegen der Garderobe gegeben, die sie tragen sollte. Da hatte es schon ganz schön Rabatz gegeben, denn der Herr Pastor hatte leider eine völlig abweichende Vorstellung von den Gewändern der Mutter Gottes.
Dabei war Maria auf alten Ölgemälden und Wand-Bildern immer äußerst farbenprächtig und kostbar in Samt und Seide gehüllt.

Niemals wurde sie so ärmlich und unscheinbar gekleidet gezeigt, wie es der Herr Pastor jetzt von ihr verlangte.
Wenn das mit den Äußerlichkeiten schon so ein großes Problem war, wie würde Michaela dann wohl erst mit all' den anderen Dingen fertig werden, die sie als Maria zu sagen und zu spielen hatte?
Michael war mächtig gespannt, wer hier Recht behielt, der Herr Pastor, der Michaela auserkoren hatte oder er!
Auf jeden Fall versprach dies aber ein sehr interessanter und aufregender Kirchenbesuch zu werden, beinahe wie ein richtiger Krimi!

Michael war so mit seinen Gedanken beschäftigt, dass er den Aufbau der Krippe überhaupt nicht mitbekam und ganz erstaunt zusammenzuckte, als das Jesuskind plötzlich recht nah vor ihm lag und ihn nachdenklich und eindringlich anschaute.
Der Pastor hatte doch tatsächlich noch eine echte Krippe aufgetrieben und sich auch nicht mit der bereits ausgedienten Puppe von Michaela zufrieden gegeben, sondern ein holzgeschnitztes Jesuskind aus einem Antiquitätenladen besorgt.

Er erklärte der Gemeinde gerade ausführlich, dass es sich hier um eine sehr kostbare Figur handelte, die einmal in einer Kathedrale ihr Zuhause hatte.

‚Ob ich das glauben kann' überlegte Michael.
‚So bedeutend sieht die Figur nun wirklich nicht aus, aber es wird schon stimmen, denn ein Pastor darf ja auf keinen Fall lügen, er ist schließlich der Stellvertreter vom lieben Gott und muss daher die Wahrheit sagen! Ein ziemlich unbequemer Job! Nichts für mich, aber darüber darf ich jetzt auf keinen Fall weiter nachdenken, sonst verpasse ich noch den Anfang des Krippenspiels und das könnte ich mir nie verzeihen!'

Es ging aber immer noch nicht los!

Der Herr Pastor entschied nun auch noch zu allem Überfluss, dass alle gemeinsam ein feierliches Weihnachtslied singen sollten, um in die richtige Stimmung zu kommen.
„Die machen das hier ja richtig dramatisch" brummte Michael ungeduldig.
‚Hoffentlich fängt es bald an, denn lange kann ich nicht mehr still sitzen, das fühle ich ganz genau! Und Singen ist auch überhaupt nicht mein Ding!

Außerdem spielt die Orgel viel zu hoch und auch noch viel zu langsam.
Nein, diese Gefühlsduselei kann ich überhaupt nicht ausstehen!
Zu Hause, wenn ich alleine bin, singe ich dieses Lied viel rasanter und natürlich mit eigenem Text, der tausendmal unterhaltsamer und interessanter ist. Diese Version ist wirklich nicht zu ertragen, da schläft man ja ein, so langweilig ist das alles!
Ich glaube, ich schaue mir doch lieber noch einmal in Ruhe die Figur in der Krippe an.
Nachher werde ich sowieso nicht mehr dazu kommen, dann muss ich mich ja voll auf Michaela konzentrieren, denn ihretwegen bin ich überhaupt nur hierher gekommen.'

Nun geschah aber etwas, was Michael völlig aus der Fassung brachte:

Das Jesuskind in der Krippe wackelte ganz langsam und deutlich mit seinem großen Zeh!

‚Ich werde verrückt, jetzt bewegen sich auch noch die Lippen! Das darf doch nicht wahr sein, das träume ich doch nur' grübelte Michael.

‚Wenn das aber keine Einbildung ist, werde ich noch heute berühmt und bekomme einen Riesen-Artikel in der Presse!
In einer Illustrierten habe ich erst vor ein paar Tagen gelesen, dass die Marien-Statue in einer alten Kirche blutige Tränen geweint hat und die Kinder, die dieses Phänomen entdeckt hatten, fotografiert und interviewt wurden.
Das wäre der Hammer, wenn mir so etwas auch passieren würde!
Dagegen ist die Rolle der Maria gar nichts!
Endlich werde ich Michaela einmal richtig in den Schatten stellen und übertrumpfen!
Dass ich so etwas erleben darf, ist sensationell!'
Michael wollte gerade vor Freude laut jauchzen und seiner Mutter von dieser echt übernatürlichen Erscheinung berichten, als das Jesuskind seinen Zeigefinger auf die Lippen legte.
Diese Geste war ihm bekannt und hieß eindeutig:

„Micha halte Deine Klappe!“

‚Na klar, das musste ja so kommen!
Nun ist es wieder mal mit meinen Träumen vom Prominent werden vorbei!'

Michael ließ sich in seinem Sitz zurückfallen und nagte beleidigt an der Unterlippe.
‚Das ist wirklich unfair vom Jesuskind!
Zuerst vor meinen Augen ein richtiges Wunder geschehen zu lassen und mit dem großen Zeh zu wackeln und dann einfach so zu tun, als wäre überhaupt nichts passiert' schmollte er.

„Du hallo" hörte er jetzt ein feines Stimmchen flüstern. „Ich meine Dich!
Du brauchst überhaupt nicht so uninteressiert weg zu schauen, ich fühle doch, dass Du etwas von mir willst! Das trifft sich übrigens sehr gut, denn ich möchte auch mit Dir reden!
Könntest Du mir ein paar einfache, kinderleichte Fragen beantworten, wäre das möglich?"

‚Fragen beantworten?
Hier stimmt etwas nicht, das Jesuskind ist doch auf die Welt gekommen, um den Menschen alles zu erklären! Es weiß doch alles und stellt keine Fragen' überlegte Michael und war riesig erstaunt, als er auf seinen Gedanken blitzschnell eine Antwort bekam.

„Natürlich weiß ich alles über die Wahrheit!

Was die Menschen hier jedoch gerade anstellen, durchschaue ich leider überhaupt nicht!
Erkennst Du den Unterschied und verstehst, was ich ungefähr meine?“

„Na klar doch, das geht mir oft ganz genau so“ lächelte Michael verständnisvoll.
„Verrate mir aber zuerst einmal, wie wir uns hier unterhalten! Ich finde es schon recht merkwürdig, dass ich Dich laut und deutlich hören kann, während kein Kirchenbesucher unser Gespräch mitbekommt. Wie ist das überhaupt möglich?“
„Wir sprechen jetzt in Gedanken miteinander.
Das ist unter den Menschen recht gebräuchlich und es funktioniert sogar manchmal sehr gut, wie Du sehen oder besser gesagt, hören kannst.
Wir beide können jetzt also völlig ungestört miteinander plaudern ohne die anderen zu stören.
Also, meine erste Frage:
Warum steht im Gottesdienst immer ein sehr eigenwillig und merkwürdig gekleideter Mensch vorne und erklärt den anderen was sie glauben oder wie sie sich verhalten sollen?
Jeder Mensch hat doch seine eigene, persönliche innere Stimme!

Diese gibt ihm jederzeit eine Antwort, wenn er etwas wissen möchte, das ist doch viel einfacher und bequemer."

„Da bist Du aber schief gewickelt, Jesuskind" stöhnte Michael aufgebracht.

„Da kennst Du die innere Stimme aber schlecht! Was meinst Du, was die mir schon alles erzählt hat, da bin ich schon einige Male voll drauf reingefallen.

Nein, die sagt nicht immer die Wahrheit!"

„Ja, das kann schon einmal passieren, dass etwas falsch verstanden wird! Es ist natürlich nicht einfach und kostet schon sehr viel Übung und Erfahrung, bis jeder seine innere Stimme von der eigenen Meinung unterscheiden kann" lächelte das Kind in der Krippe.

„Wenn das so kompliziert ist, lasse ich es lieber" reagierte Michael schnell.

„Ich habe schon genügend Stress in der Schule, da kann ich mich nicht auch noch zusätzlich mit so komplizierten Dingen beschäftigen. Ich schalte immer das Fernsehen ein, wenn ich einmal echt in der Klemme stecke. Dort gibt es Familienserien, in denen Probleme anschaulich, verständlich und völlig unkompliziert erklärt werden.

Am Ende wird immer gezeigt wie man aus dem Schlamassel wieder heraus kommt.
Ich versuche daher, bei einer ähnlichen Situation genau so zu reagieren, dadurch erspare ich mir eine Menge Zeit und Ärger und muss auch nicht so viel nachdenken und herumfragen.
Übrigens hast Du damals doch auch in Bildern und Gleichnissen gesprochen, dann verhalte ich mich doch durchaus richtig, wenn ich mich an den Fernsehbildern orientiere, oder?“

„Du bist ein echter kleiner Schlaumeier“ bemerkte amüsiert das Jesuskind.
„Diese Bilder habe ich aber nicht gemeint.
Ich finde es auch viel besser, wenn jeder Mensch seinen eigenen Verstand benutzt und nicht alles nachahmt, was andere ihm vormachen, denn das muss für ihn selbst nicht immer das Richtige sein.“
„Du hast aber gesagt, dass wir Deine Nachfolge antreten sollen und das bedeutet doch, dass wir alles in Deinem Sinne und Namen erledigen müssen. So ähnlich hat es uns jedenfalls der Pastor erklärt. Du bist unser Vorbild, Du hast alles fehlerfrei und richtig gemacht und wir müssen versuchen, genau so zu denken und zu handeln.

Dann ist alles okay und es kann uns nichts passieren. Das stimmt doch, oder?“

„Nein, so einfach geht das nicht!
Du musst schon selbständig denken und in eigener Verantwortung handeln, sonst lebst Du nicht, sondern funktionierst nur!
Dann bist Du nur ein gedankenloser, alberner Sprech-Roboter, der alles nachplappert.“

„Ja, das leuchtet mir ein“ nickte Michael.
„Mit Dir kann man sich richtig gut unterhalten und es macht sogar Vergnügen.
Ab jetzt komme ich jeden Sonntag in die Kirche, um mit Dir zu reden.“

„Das geht leider nicht“ seufzte das Jesuskind traurig. „Ich bin nur ausgeliehen und der Pastor bringt mich nach den Weihnachtstagen wieder zurück ins Antiquitätengeschäft.
Wir können uns aber auch an jedem anderen Ort unterhalten, wenn Du willst!
Du musst nicht extra in die Kirche kommen!“

„Aber das würde ich wirklich riesig gerne und sogar völlig freiwillig!

Großes Ehrenwort" beteuerte Michael.
„Darüber bin ich sehr erleichtert, dann wirst Du mir bestimmt jetzt nicht böse sein, wenn ich Dir sage, dass das Krippenspiel leider zu Ende ist, Michaela hat gerade ihren allerletzten Satz gesprochen" flüsterte das Jesuskind.

„Verdammt" entfuhr es Michael so laut, dass seine Mutter ihn entsetzt in die Rippen knuffte.
So etwas sagt man doch nicht und schon gar nicht in der Kirche.
„Verdammt" bemerkte Michael trotzdem noch einmal, wenn auch wesentlich leiser.
Und ganz still für sich, so dass es keiner hören konnte, motzte er: ‚Dass mir das passieren muss! Nun habe ich alles verpasst, jetzt war alles vergebens und zwecklos! Der gute Platz in der ersten Reihe, einfach alles! O, ist das gemein!

Ich habe vom Krippenspiel nichts mitbekommen und alles nur weil das Jesuskind mit dem großen Zeh gewackelt und dann auch noch so eigenartige Fragen gestellt hat.

Nun kann ich Michaela überhaupt nicht bekritteln, ich habe ja nichts gehört und gesehen.'

„Das solltest Du auch nicht“ hörte Michael noch einmal das kleine Stimmchen flüstern.
„Ich habe doch tatsächlich vergessen, Dich noch an etwas zu erinnern!
Du weißt doch, dass Weihnachten das Fest der Liebe ist, und dass man an diesem Tag nicht in die Kirche geht, um andere zu ärgern.
Heute feiern doch alle Menschen auf der Erde meinen Geburtstag und das soll auf jeden Fall ein Tag der Freude sein.
Darum habe ich Dich auch abgelenkt, damit Du heute mit Michaela keine Diskussion beginnst, denn das wolltest Du doch, nicht wahr?“
„Na klar doch, Jesuskind!
Darum bin ich doch überhaupt nur her gekommen.
Das war allerdings noch, bevor ich Dich kennen gelernt habe.
Nun hat alles jedoch einen neuen Sinn bekommen, das musst Du mir glauben!
Ich bin übrigens mächtig gespannt, wie wir uns in Zukunft unterhalten werden, darauf freue ich mich schon, denn ich habe noch eine Menge Fragen!
Du doch sicher auch?
Melde Dich also recht bald, am besten in einer Schulstunde da langweile ich mich oft recht arg!
Dort kannst Du also ruhig stören.“

Und so geschah es dass Michael nach dem Kirchenbesuch brav mit seinen Eltern nach Hause ging und kein abfälliges Wort über das Krippen-Spiel oder über seine Schwester Michaela verlor.
Auch in der folgenden Zeit ließ er sie in Ruhe und stritt sich kaum noch mit ihr.
Der Pastor allerdings rätselte:
„Eigenartig, äußerst eigenartig!
Ich habe Michaela doch extra die Rolle der Maria gegeben, damit sie endlich lernt, ein wenig sanfter sowie geduldiger zu werden und sich etwas mehr mit dem Jesuskind zu beschäftigen!
Sie hat sich aber überhaupt nicht geändert!

Dafür ist Michael nicht mehr wieder zu erkennen!
Er stellt auf einmal Fragen, die selbst ich kaum beantworten kann und interessiert sich für die seltsamsten Dinge. Das ist tatsächlich eigenartig, denn er hatte mit der ganzen Angelegenheit doch überhaupt nichts zu tun!!!
Als Pastor hätte ich mir allerdings denken können, dass bei einem Kirchenbesuch am „Heiligen Abend“ schon mal ein Wunder geschehen kann.

Nur, dass es in meiner Kirche passieren würde, damit habe ich natürlich niemals gerechnet!“

Krippenspiel mit Oliver, Ramona sowie Max und Mariechen

Es war einmal ganz kurz vor dem Weihnachts-Fest, als Oliver und Ramona Besuch von ihrem Paten-Onkel bekamen, der nicht nur der Bruder von Papa sondern auch noch der Pfarrer in ihrer eigenen Kirchengemeinde war.

Er hatte dieses Amt erst vor recht kurzer Zeit erhalten und alle Familienmitglieder waren daher mächtig stolz, dass sie einen eigenen Pastor in ihrer Familie und Gemeinde hatten.
Mit diesem bemerkenswerten und nicht gerade alltäglichen Familien-Oberhaupt stand Oliver in seiner Schule in der Beliebtheits-Skala ganz oben und Ramona, die gerade im ersten Jahr die Schulbank drückte, kannte auch kein Kind weit und breit, das so einen bedeutenden wie auch höchst würdevollen Taufpaten besaß.
Beide waren mit ihrem berühmten Onkel daher sehr zufrieden und glücklich.

Onkel Wilhelm, wie ihn seine beiden Schützlinge schlicht und einfach nennen durften, kam also so ungefähr sechs Tage vor Weihnachten mit hoch rotem Gesicht und Schweißperlen auf der Stirn in das Kinder-Zimmer gestürmt, was für die Kinder sehr merkwürdig war, da er sich immer korrekt, diszipliniert sowie feierlich und in der Adventszeit sogar zusätzlich noch hoheitsvoll bewegte.

Eile, Ruhelosigkeit oder gar Hektik lehnte er selbst in den allerkleinsten Anfängen energisch ab und so löste er natürlich mit seinem ungestümen Verhalten bei seinen Patenkindern Oliver und Ramona verständnisloses Staunen aus.

‚Warum in aller Welt ist Onkel Wilhelm heute nur so aufgedreht und aufgewühlt' fragten sie sich beunruhigt.
‚Das muss schon einen tief schürfenden Grund haben' überlegten sie weiter.

‚Sicher hat ihn die gerade herrschende Grippe erwischt und er leidet unter Fieberschüben und Heiserkeit, denn auch seine Stimme klingt etwas kratzig und hört sich beinahe so an, als hätte er einen dicken Frosch im Hals.

Zu allem Überfluss beginnt er nun auch noch, heftig mit seinen Armen zu rudern, von seinem Stuhl, auf dem er gerade Platz genommen hatte, wieder hochzuspringen und ruhelos im Zimmer auf und ab zu laufen.
Was ist nur in ihn gefahren?'

Nach einer Weile schien er sich aber wieder beruhigt zu haben und begann, beinahe schon verlegen, hilflos und sogar ein ganz klein wenig peinlich berührt, auf die Kinder einzureden:
„Meine zwei Lieben, hört mir mal gut zu!
Ich befinde mich im Moment in einer äußerst verzwickten Situation. Ich muss nämlich in der Gemeinde das erste Mal an allen 3 Feier-Tagen die Haupt-Weihnachts-Gottes-Dienste gestalten.
Das ist natürlich eine große Ehre und stellt im Prinzip auch überhaupt kein Problem dar, aber die Grippewelle, die wie Ihr ja sicher wisst, schon einige Opfer gefordert hat und wegen der sogar einige Schulen geschlossen wurden, hat nun auch mich total überrollt."

‚Also doch' überlegte Oliver angestrengt.
‚Ich liege mit meiner Beobachtung, dass Onkel Wilhelm etwas Schweres bedrückt, völlig richtig.

Ich glaube, er schämt sich, dass ihn als Gottes-Mann die Grippe jetzt ebenfalls erwischt hat. Eigentlich ist das ja völlig unmöglich, da er ein paar Mal am Tag betet und sich ständig mit dem lieben Gott unterhält. Schon aus diesen Gründen kann ihn eigentlich doch überhaupt kein Virus erreichen oder gar bedrohen.
Außerdem kann ihn der liebe Gott doch nicht am Geburtstag seines einzigen Sohnes bei der Feier im Stich lassen. Das ist einfach undenkbar!
Na, ich bin ehrlich gespannt, wie er sich da jetzt heraus reden will.'

„Nun, die Grippewelle hat vor allem auch noch meinen Kollegen erwischt, für den ich ebenfalls nun noch einspringen muss" erklärte er weiter.
„Da die Gottesdienste am Heiligen Abend bereits schon am frühen Nachmittag beginnen und erst mit der Mitternachts-Messe enden, ist die Arbeit von einem Pastor alleine nicht zu schaffen.
Außerdem muss auch noch das Krippen-Spiel völlig neu gestaltet werden, da die beiden Haupt-Personen Maria und Joseph ebenfalls schwer erkrankt sind" stöhnte Onkel Wilhelm.
„So ein Durcheinander hat es in der Gemeinde-Arbeit bisher noch nie gegeben!

Warum muss ausgerechnet mir so ein Unglück zustoßen, wo doch alle besonders gebannt auf meine erste Weihnachts-Aufführung schauen?
Ich habe nämlich verlauten lassen, dass ich die Weihnachts-Geschichte ein wenig moderner und lockerer einüben will. Daher ist meine Kirchen-Gemeinde natürlich gespannt, was ich mir Neues vorgestellt und ausgedacht habe.
Ich wollte mit diesem besonderen Krippen-Spiel doch so viel erklären!
Vor allem war ich fest dazu entschlossen, endlich einmal mit dem dummen Gedanken aufzuräumen, dass Schnee unbedingt zum Weihnachtsfest dazu gehört! Stellt Euch doch nur vor, einige meiner Schäfchen bekommen kein richtiges Weihnachts-Gefühl, wenn der weiße Segen von oben fehlt und erwarten tatsächlich von mir, dass ich den lieben Gott um eine weiße Schneedecke bitten soll!
Das ist doch unfassbar, wo wir im Moment nun wirklich mit weitaus schlimmeren und natürlich auch wichtigeren Ereignissen zu kämpfen haben.
Leider könnt Ihr das in Eurem Alter noch nicht verstehen, aber sicher seid Ihr trotzdem in der Lage mitzufühlen, dass ich ratlos, unglücklich sowie völlig untröstlich bin und mich voller Verzweiflung auf den Boden werfen könnte."

„Ja schon“ bemerkte Ramona, die dem Wort-Schwall ihres Onkels aufmerksam gefolgt war. „Du könntest doch aber wenigstens den lieben Gott darum bitten, dass alle wieder rechtzeitig gesund werden, dann wärst Du Deine Probleme mit einem Schlag los!“

„Ich verstehe, dass Du meine Lage nicht wirklich beurteilen kannst“ berichtigte der Onkel sie sofort. „Krankheit ist nämlich ein sehr spezielles Gebiet, da kann und darf ich dem lieben Gott überhaupt niemals ins Handwerk pfuschen.
Mir fällt aber gerade eine gute Lösung ein, wie Ihr zwei mich aus meiner Notlage befreien könntet, seid Ihr dazu bereit?“

„Wozu sollen wir bereit sein“ fragte Oliver und schaute Onkel Wilhelm besorgt und zweifelnd an. „Du hast doch gerade erklärt, dass wir noch viel zu kindlich und daher auch völlig untauglich sind, um Dir aus der Patsche zu helfen.“

„Ihr sollt mir ja auch nicht beim Beten helfen sondern einfach nur spielerisch und unbeschwert das Krippenspiel am Weihnachts-Abend in der Kirche übernehmen.

Es ist für Euch sogar eine riesengroße Ehre, wenn Ihr die Weihnachts-Geschichte aufführen dürft und außerdem stellt es keine große Belastung dar, denn Ihr müsst nicht einmal den Text lernen weil ich Euch die Begebenheit oft genug erzählt und vorgelesen habe.
Ihr seid doch meine rettenden Engel?“

„Na klar, das können wir beinahe im Schlaf!
Dein Problem ist schon aus der Welt, Du brauchst Dir überhaupt keine Sorgen mehr zu machen.
Wir fangen sogleich mit dem Üben an und Du kannst uns außerdem ja auch immer helfen, wenn irgendwelche Fragen auftauchen“ rief Oliver froh.

„Nein, unterstützen kann ich Euch leider nicht, denn ich habe alle Hände voll zu tun und daher keine einzige freie Minute!
Ich muss nämlich außerdem auch noch für weitere zwei Kollegen einspringen, die ebenfalls von der Grippe erwischt wurden.
Ich muss mich daher blind auf Euch verlassen können, denn Eure Eltern müssen mir ebenfalls unter die Arme greifen und all die Dinge erledigen die im letzten Moment erfahrungsgemäß leider immer noch auf mich einstürmen!“

„Das verstehen wir natürlich.
Du kannst uns voll vertrauen, denn schließlich haben wir aus Spaß schon ein paar Mal versucht, mit der Puppe und ein paar Stofftieren von Maria, die Weihnachts-Geschichte zu spielen.
Wir kennen nämlich eine echte Maria, unsere Nachbarin. Mit ihr hat alles perfekt geklappt.

Außerdem kann ihr Bruder den Josef spielen und noch ein paar Freunde von mir als Hirten mitmachen, das ist für uns also nur ein Klacks“ erklärte Oliver fröhlich und unbefangen.

„Und ich kann noch einige Weihnachts-Engel besorgen“ mischte sich Ramona ein.
„Wir haben erst vor ein paar Tagen in der Schule Flügel gebastelt und uns anschließend als Schutz-Engel verkleiden dürfen. Unsere Musik-Lehrerin hat sogar ein besonderes Weihnachts-Engel-Lied mit uns eingeübt. Außerdem kann sie auch die Orgel bedienen, falls die Grippe auch noch Deinen Organisten am Schlafittchen packt.

Mach Dir also keine Gedanken! Schließlich sind wir Deine Patenkinder und stehen fest an Deiner Seite, es kann also überhaupt nichts schief gehen.“

„Das sehe ich im Prinzip auch so! Trotzdem habe ich noch einige Zweifel, die heftig an mir nagen“ seufzte Onkel Wilhelm sorgenvoll.

„Du darfst aber kein Misstrauen zulassen“ mischte sich nun Oliver wieder ein.
„Du bist doch ein gläubiger Mensch, also musst Du Vertrauen haben, denn Du verlangst immer von uns, dass wir an das Gute glauben und niemals daran zweifeln dürfen.
Dann vertraue doch mal Deinen eigenen Worten, dass alles gut wird.“

Mama und Paps, die inzwischen dazu gekommen waren und die letzten Sätze mitgehört hatten, äußerten auch keine Bedenken.
So ein leichtes Krippenspiel bekamen ihre Kinder zweifelsfrei ohne Beaufsichtigung hin, denn das war ein Thema, mit dem sie sich auskannten.
Hier gab es überhaupt keinen einzigen Zweifel, nicht einmal den allerkleinsten.
Außerdem konnte der Lehrer von Max ja zur Not noch mit Rat und Tat zur Seite stehen, denn er übte mit seinen Schülern mehrmals im Jahr Theater-Stücke ein, um sie dann auf diversen Eltern-Abenden vorzuführen.

„Alles wird gut“ prophezeiten daher nun ebenfalls die Eltern und überzeugten endlich auch Onkel Wilhelm, der sich auf der Stelle erleichtert aus dem Staube machte.
Er hetzte sofort zum nächsten Termin der schon auf ihn wartete denn in sechs Tagen war bereits Weihnachten und er hatte daher noch sehr viel zu bedenken und erledigen!

Und so begab es sich, dass am 24. Dezember die Kirche wie immer überfüllt war und sich keiner um die Kinder kümmerte, die ungeduldig voller Tatendrang auf die erste öffentliche Aufführung warteten und es kaum erwarten konnten.

Als sich die größte Aufregung endlich gelegt hatte und der Kampf um die freien Sitzplätze vorbei war, ging ein erstauntes Raunen und verhaltenes Lachen durch die Reihen.
„So eine neumodische Auslegung der Krippen-Figuren hätte ich unserem Pastor nun doch nicht zugetraut“ ließ sich endlich eine einzelne Stimme im Flüsterton vernehmen die noch von kleinen verlegenen sowie verunsicherten Räuspern, hilflos unterdrücktem Hüsteln und Kichern von mehreren Kirchen-Besuchern untermalt wurde.

„Wo sind eigentlich Ochs und Esel, ich kann auch keine Krippe entdecken, was ist hier nur los?“

„Seht nur, die Hirten haben keine Schafe sondern Schaukelpferde bei sich“ rief jetzt recht aufgeregt ein kleiner Junge aus der ersten Reihe.
„Das ist ein echter Knüller!“

„Und vor Oliver und Ramona sitzt Knut, der Berliner Eisbär als Kuscheltier!
Das ist superspaßig wie auch dufte“ freute sich ein kleines Mädchen.

„Aber Josef in einem Jeans-Anzug und mit Cowboy-Hut? Ist das nicht ein wenig durch den Wind“ fragte ein älterer Herr mit gedämpfter Stimme seine Ehefrau und knuffte sie dabei recht energisch in den Arm.

„Nein, überhaupt nicht“ lächelte diese.
„Wie kommst Du nur darauf? Unser Enkelkind läuft doch auch immer so herum, wenn es mit Oliver spielt, das ist völlig in Ordnung!“

„Na gut, wenn Du das so siehst“ lächelte der ältere Herr und bemerkte dann verschmitzt:

„Trotzdem bin ich jetzt mächtig gespannt, welche Ausrede Dir zu dem Jesuskind einfällt, das bei Ramona auf dem Schoß sitzt!“
„Gar keine, denn die Puppe ist eine hervorragende Handarbeit! Ich habe für unsere Enkelin auch einmal ein ähnliches Modell hergestellt, kannst Du Dich nicht mehr daran erinnern“ fragte seine Frau ein wenig vorwurfsvoll.

„Aber das ist doch überhaupt nicht das Jesuskind sondern ein Mädchen mit blonden Haaren!!!
Die Puppe hat ein Kleidchen an, hast Du das etwa nicht bemerkt? Ich leihe Dir gerne meine Brille damit Du Dich überzeugen kannst“ erwiderte der ältere Herr erheitert.

„Na und, was gibt es daran auszusetzen?
Stell Dich nur nicht so an, es ist doch nur ein Spiel und die Kinder haben sich so sehr auf diese Aufführung gefreut.
Sieh nur, wie ihre Augen voller Begeisterung glänzen, da kommt es doch überhaupt nicht auf irgendwelche Einzelheiten an.
Sei also nur nicht so pingelig!
Außerdem ist das Christkind doch ein Mädchen, ich verstehe Deine Bedenken überhaupt nicht!

Was ist nur mit Dir los, heute ist Weihnachten, also hör lieber den Mädchen zu, die mit so viel Hingabe und Freude Weihnachtslieder singen.
Ich bin völlig hin und weg, so einen herrlichen Chor hatten wir noch nie in unserer Kirche."

„Ja das stimmt, sie singen so silberhell und rein, wie es nur Engel können" bestätigte der ältere Herr schmunzelnd.
„Übrigens, was mir persönlich besonders gut gefällt, sind die Stoff-Weihnachtsmäuse mit den roten Zipfelmützen, die im Stroh sitzen.

Sie sehen so putzig aus, dass ich einfach nicht ernst bleiben kann und grinsen muss."

„Na endlich, diese Einstellung gefällt mir!
Warum nicht gleich so, wir sind doch nicht zum Kritisieren hier sondern zum Freuen" murmelte seine bessere Hälfte und lehnte sich mit einem Seufzer entspannt in der Kirchenbank zurück.

So verhielten sich übrigens nach und nach fast alle Kirchen-Besucher! Sie waren zwar verwundert, nahmen aber alles nicht mehr so ernst sondern harrten der Dinge, die noch kommen würden.

Und sie wurden nicht enttäuscht!

Oliver trat nun ein paar Schritte nach vorne und erklärte mit volltönender und zu Herzen gehender Stimme: „Wir erzählen Euch heute mit unserer Weihnachts-Geschichte nicht, was einmal vor 2.000 Jahren geschah, sondern berichten von einem Kind aus unserer Gemeinde, das gerade vor ein paar Tagen geboren wurde und noch keinen richtigen Platz gefunden hat, weil seine Eltern arm sind und die Wohnung mit vier Geschwistern schon überfüllt ist.
Sie haben nicht einmal ein eigenes Bettchen für ihr kleines Mädchen, nur ein paar Windeln und Kleidungsstücke, die von den Geschwistern übrig geblieben sind und sie können ihrem Kind auch in der nächsten Zeit weder Kleidung noch Spielzeug oder einige Leckereien kaufen, da der Vater seine Arbeit verloren hat.

Da sich meine Familie nicht um das tägliche Brot sorgen muss, sind Ramona und ich auf die Idee gekommen, auf einige Weihnachtsgeschenke zu verzichten und dafür ein wunderschönes, weiches und kuscheliges Himmel-Bettchen zu besorgen, um es ihm heute zu überreichen.

Meine Schulkameraden haben sich ebenfalls mit ihren Eltern beraten und praktische Baby-Sachen eingekauft, die sie hier gleich ausbreiten werden. Einen kleinen Moment noch, ich hole nur schnell das Bettchen mit dem himmelblauen Himmel, das wir hinter dem Tannenbaum versteckt haben, weil es für die Gemeinde eine Überraschung werden sollte."

Ganz alleine schleppte Oliver nun das Bettchen, das er hinter dem Lichterbaum versteckt hatte, herbei und von rechts sowie auch links kamen vierundzwanzig Schüler aus seiner Klasse, sagten ein paar Verse auf und legten wundersame Dinge in und um das Himmelbettchen.

Ehe sich die Gemeinde jedoch vom Staunen erholt hatte erschienen bezaubernde kleine Mädchen als Engel verkleidet und breiteten ebenfalls ihre Gaben aus.

Dabei sangen sie ganz fröhliche Weihnachtslieder, die sie mit ihrer Lehrerin eingeübt hatten.

Jetzt ging ein unüberhörbarer kräftiger Ruck durch die Reihen!

Einige Besucher standen sogar auf, um besser sehen zu können, was sich da vorne abspielte und glaubten ihren Augen nicht zu trauen!
Angefangen vom Federbett bis zum Schnuller lag alles - was ein neugeborenes Erdenkind dringend benötigt - liebevoll dekoriert vor dem Altar.
Strampelanzüge, Häkel-Schuhe, Ausgehjäckchen, warme Mützchen, hochwertige Baby-Nahrung, Tellerchen sowie Spielzeug, Rasseln, Kuscheltiere und sogar eine daunenweiche, rosa Kuscheldecke und ein Baby-Fläschchen mit Flaschenwärmer entdeckte die Gemeinde.

So weit das Auge reichte, überall lagen herzige, allerliebste, goldige und wertvolle Geschenke, einige sogar weihnachtlich verpackt und mit rosaroten Schleifen versehen.

Nun kam auch Ramona zu ihrem Cousin nach vorne, um ein paar Worte zu sagen.
Vor allem wollte sie der Gemeinde erklären, warum sie statt eines Puppen-Jungen, heute eine Mädchen-Puppe in den Armen hielt.

Das war gar nicht so einfach und sie griff daher Hilfe suchend nach der Hand von Oliver.

Ja, und dann traute auch sie sich und die Worte purzelten nur so aus ihrem Herzen:
„Wir Kinder sind beim Üben unseres Krippen-Spiels auf einen guten Gedanken gekommen.
Es wäre doch viel sinnvoller, wenn wir anstatt der bekannten Weihnachts-Geschichte, die ja jeder Kirchenbesucher inzwischen schon auswendig kennt, in diesem Jahr erzählen, wie es der Familie ergangen ist, in der das kleine Mädchen vor ein paar Tagen auf die Welt kam.
Wir kennen die Eltern und Geschwister gut und zwei der älteren Brüder spielen auch in unserem Krippenspiel als Hirten mit.

Daher wissen wir auch, dass alle recht traurig sind, überhaupt nicht mehr lachen und erst recht nicht fröhlich Weihnachten feiern können, weil sie sich sehr große Sorgen um ihr neues kleines Schwesterchen machen.

Unser Onkel Wilhelm hat uns auch immer wieder erklärt hat, dass wir hilfsbereit, verständnisvoll und mitfühlend sein sollen.
Daher wollen wir ihn heute ebenfalls überraschen und ihm beweisen, dass wir seine Worte nicht nur gehört sondern auch richtig verstanden haben.

Auch wenn wir noch zu jung sind, um alles zu begreifen, wollten wir es heute aber trotzdem versuchen, auf unsere Weise zu zeigen, wie wir Kinder das Weihnachtsfest verstehen.
Na ja, und da kam uns die Grippewelle sehr gelegen, weil Onkel Wilhelm sich nicht mehr so richtig um uns kümmern konnte und wir das Krippenspiel ohne seine Unterstützung einüben mussten.

Und das ist nun dabei herausgekommen!
Wir hoffen, dass Ihr uns verzeiht wenn wir zum Schluss auch noch unseren Herrn Bürgermeister ganz lieb bitten, ob er vielleicht noch eine größere Wohnung für die Familie bereitstellen kann, damit sie all die Weihnachtsgeschenke, die wir vor den Altar gelegt haben, auch unterbringen kann!"

Und Oliver ergänzte noch ganz schnell:
„Wer übrigens etwas Geld spenden will, darf es schnell noch zu unseren Geschenken legen!
Dann kann die Familie heute Abend glücklich und friedlich zusammen mit der Mutter, die mit dem kleinen Mädchen, das übrigens Christel heißt, und noch im Kranken-Haus liegt, ebenfalls fröhliche und sorgenfreie Weihnachten feiern kann.

Die Familie wird sich bestimmt mächtig freuen, dass sie sich nun nicht mehr um Kleidung und Nahrung für ihr kleines ***Christelkind*** bemühen muss!“
„Wir haben sogar noch einen Kinderwagen mit allem Drum und Dran besorgt, den wir gar nicht mehr aufstellen konnten, weil hier so wenig Platz ist“ fügte Ramona hinzu.
„Auch einen warmen Schafwoll-Teppich haben wir geschenkt bekommen, einen Puppenwagen, eine Puppenstube sowie sehr viele Spielsachen.“

Jetzt ging tatsächlich ein befreiendes, erlösendes Lachen durch die Reihen und nach und nach standen alle Besucher auf und spendeten ergriffen und gerührt einen ehrlichen Applaus.

So ein zu Herzen gehendes Krippenspiel hatten sie in dieser Kirche noch nie erlebt!

Ja, die Stimmung war wirklich einzigartig und als Onkel Wilhelm endlich abgehetzt in der Sakristei erschien, um sich in aller Windeseile umzuziehen, schlug ihm eine warme Welle weihnachtlicher Gefühle entgegen, die er mit dieser Heftigkeit noch nie bei einer Weihnachtsfeier gespürt hatte.

Irgendetwas Besonderes und Ungewöhnliches lag in der Luft, das fühlte er bis in die Fingerspitzen hinein, nur was?

Unbemerkt schlich er sich auf die Kanzel.
Dort wollte er sofort nach dem Weihnachts-Lied, das die Schul-Freundinnen von seinem Paten-Kind gerade sangen, die Weihnachtsgeschichte vorlesen, als ihm das flammendrote Kleid von Maria auffiel, das zu ihm empor leuchtete und wie eine Glühbirne hell erstrahlte.
Das schien aber niemanden zu stören.
Seine Gemeinde saß fröhlich gestimmt in den Kirchen-Bänken und schaute gebannt auf die Kinder.
Was gab es dort so Außergewöhnliches zu sehen?
Onkel Wilhelm beugte sich ein wenig über die Brüstung, um genau betrachten zu können, was die Gemeinde so faszinierte.
Was sich Onkel Wilhelm aber dann darbot, raubte ihm seine letzten Kraftreserven.

Sein Kreislauf begann, sich ganz langsam zu verabschieden und er schwankte völlig verwirrt und benommen hin und her, um dann fast lautlos umzukippen.

Nun, zum Glück aber nicht der Länge nach denn das war einfach nicht möglich. Die Kanzel war nämlich ziemlich eng und hatte somit Onkel Wilhelm fest im Griff so dass er sich wie von starken Armen liebevoll umschlungen fühlte.
Er verlor seine Besinnung daher auch nicht vollständig sondern nur ein ganz klein wenig.
Das war auch gut so, denn seine Gemeinde hatte ihn inzwischen entdeckt und begrüßte ihn mit einem äußerst warmherzigen:

„Gesegnete Weihnachten Herr Pfarrer!“

Mit diesen Worten kam ihm so ein gewaltiges liebevolles Gefühl entgegen, dass er vor Rührung beinahe noch einmal umgekippt wäre.
Er konnte sich gerade noch schnell eine kleine Träne aus den Augenwinkeln wischen, die seine Wange hinunterkullern wollte, bevor er eilig von seiner Empore wieder hinunter kletterte, um die vertraute und bekannte Weihnachtsgeschichte sowie seine gut vorbereitete Predigt nun endlich vor dem Altar vorzulesen.
An der Orgel saß ein blonder, wunderschön anzusehender Engel mit goldenen Flügeln, der „O Du fröhliche“ spielte.

Als Onkel Wilhelm es endlich geschafft hatte, sich bis zu seinen Patenkindern vorzuarbeiten, sang die Gemeinde laut und innig einige ihm völlig unbekannte Weihnachts-Lieder, die sehr modern, lustig und unbekümmert klangen.
Warum kannte er diese Lieder nicht, warum war heute nur alles so völlig anders und ungewohnt?

Als Onkel Wilhelm endlich seinen vertrauten Standort erreicht hatte, schlug er entspannt das Gesang-Buch auf, um seine gut vorbereitete Weihnachts-Predigt hervorzuholen, die er dort sicher deponiert hatte.
Entsetzt stellte er jedoch fest, dass sein wertvolles Dokument verschwunden war.

Nun musste er wohl oder übel aus dem Stegreif zu seiner Gemeinde sprechen.

‚Ob das wohl nach all den bis jetzt erlittenen Strapazen gut ging?'
Onkel Wilhelm stellte sich schnell ein wenig Schutz suchend mitten hinein in die Geschenke zu Oliver und Ramona und ließ sich mit ein paar Stichworten von ihnen erklären, was sich bisher ereignet hatte.

Und dann hielt er das erste Mal in seinem Leben ganz spontan eine so eine frische, festliche und feierliche Predigt, dass bei fast allen Zuhörern einige Tränen die Wangen herunter kullerten, so dass auch Onkel Wilhelm seiner bis jetzt angstvoll unterdrückten Träne freien Lauf lassen konnte.

Und er musste sich überhaupt nicht mehr über sein kleines Malheur schämen.

Ja, und er genierte sich auch nicht, jedem Kind gerührt die Hand zu drücken und sich von Herzen zu bedanken, dass sie ihn so herrlich unterstützt und das Krippenspiel völlig anders als gewohnt, dafür aber mit sehr viel Herzenswärme aufgeführt hatten.

Die Gemeinde war ebenfalls tief bewegt und sich völlig sicher, dass sie dieses Weihnachtsfest nie vergessen würde.
Und so geschah es, dass der Spruch: ***„Alles wird gut“*** tatsächlich für Onkel Wilhelm, das neugeborene Christelkind, seine Familie und überhaupt für die ganze Gemeinde in diesem Jahr tatsächlich in Erfüllung gegangen war.

Alle fühlten sich überglücklich, friedlich, froh gestimmt sowie guter Dinge und bedankten sich bei den Kindern mit den Worten:

***„Dies war für uns alle
das ungewöhnlichste, unvergesslichste,
eindrucksvollste, herrlichste,
fantastischste und traumhaft schönste
Krippenspiel,
das wir je erlebt haben.“***

Mein Weihnachts-Engel vom Café Kranzler

Es war einmal ganz kurz vor Weihnachten an einem kalten, schneereichen Spätnachmittag.
Ich lief durchgefroren mit rot angelaufener Nase über den Kurfürstendamm und hoffte, endlich ein geruhsames, friedvolles und warmes Plätzchen in meinem Lieblings-Café zu ergattern.

Ich hatte meine letzten Kraftreserven mobilisiert, um es noch bis hierher zu schaffen, denn ich war von meinen umfangreichen Weihnachtseinkäufen vollkommen fix und fertig.

Eigentlich wollte ich mich ja auf gar keinen Fall an einem verkaufsoffenen Sonntag in die völlig überfüllten Warenhäuser locken lassen, aber die vielen Angebote in den Zeitungen, die bunten Prospekte und Sonder-Weihnachts-Beilagen auf Hochglanzpapier, hatten es tatsächlich geschafft, mich aus meinem behaglichen, heimeligen, und wohligen Wohnzimmer aufzuscheuchen und in die rappelvollen Einkaufsmeilen zu treiben.

Ich hatte mich also voller Begeisterung und Kauffreude in das vorweihnachtliche Getümmel gestürzt, um mich mit allen außergewöhnlichen, speziellen und nicht alltäglichen Weihnachts-Geschenken einzudecken, die morgen auf jeden Fall schon vergriffen sein würden.

Natürlich hatte ich mich bei dieser Aktion völlig verausgabt!

Ich meine damit nicht nur meine Geldbörse, die mir schon innerhalb kürzester Zeit die äußerst gefährlichen Krankheits-Zeichen der Magersucht signalisierte. Nein, ich spreche auch von meinen Nerven, die ich eigentlich für das bevorstehende Weihnachts-Fest hegen und pflegen wollte.

Sie begannen heftig zu rebellieren, sich dünn wie Seidenfäden anzufühlen, und ich hatte sogar die Befürchtung, dass sie in wenigen Augenblicken durchglühen würden.

Geschafft und abgekämpft warf ich daher einen letzten Blick in mein Portemonnaie und war fest entschlossen, alles was sich noch darin befand, einem guten Zweck zu opfern, nämlich mir, oder noch besser und treffender ausgedrückt, meinem hungrigen und stark knurrenden Magen, den erschöpften Gliedern und meinen überforderten und gereizten Nerven!

Alles in mir sehnte sich nach einem ruhigen, warmen Plätzchen, wo ich mich ausgepumpt niederlassen, meine kalten Füße wärmen, sowie meine strapazierte Seele baumeln lassen konnte.

Es gab aber leider nicht nur mich und meine müden Beine in der Stadt Berlin!
Nein, außer mir waren noch andere Menschen auf denselben Einfall gekommen, so dass es mir regelrecht schwarz vor Augen wurde und ich einer Ohnmacht sehr nahe war, als ich in das bis auf den allerletzten Platz besetzte Café schaute.
Da ich aber ein sehr mitfühlender und vor Weihnachten auch besonders höflicher und alles verstehender sowie verzeihender Mensch war, schluckte ich nur einmal schwer, raffte meine letzte Willenskraft zusammen und eilte zur nächsten, gar nicht weit entfernten Kaffeestube.
Hier erwartete mich dasselbe Desaster, auch in allen weiteren, die ich mit letztmöglicher Kraft ansteuerte. Nun war guter Rat teuer!
Voller Erleichterung bemerkte ich jedoch, dass ich gerade in diesem Augenblick ganz nahe bei der „Kaiser-Wilhelm-Gedächtnis-Kirche“ stand, die von den Berlinern auch sinnbildlich „Hohler Zahn“ genannt wird.

Was lag also näher, als ein inniges Stoß-Gebet in Richtung Himmel zu schicken, um auf meine missliche Lage aufmerksam zu machen?
Mein Gott, es wurde so viel von Schutzengeln gesprochen, da konnte sich doch jetzt, so kurz vor Weihnachten, auch einmal einer erbarmen, um mir seine Hilfe anzubieten!
Es rührte sich aber nichts denn es erklangen weder melodiöse Engels-Choräle und erst recht tönten keine himmlische Botschaften.

Völlig am Ende müde und kraftlos mit leerem Magen durstiger Kehle und enttäuschtem Herzen machte ich mich wieder erschöpft und betrübt auf den Rückweg.
Genau in diesem Gefühl der Hoffnungslosigkeit geschah aber für mich völlig unerwartet:

„Das Weihnachts-Wunder“!

Es traf mich wie ein Blitz aus heiterem Himmel, denn ich hatte tief im Herzen natürlich nicht mit der Erfüllung meines Wunsches gerechnet!
Ich hatte es nur einmal versucht, einfach nur so, weil mir leider aber auch rein gar nichts mehr eingefallen war.

Nun sah ich jedoch wahrhaftig
vor meinem geistigen Auge
meinen Schutzengel,
meinen Weihnachts-Engel!

Er stand gut sichtbar hinter den Glasfenstern des Cafés Kranzler und winkte mit beiden Händen, nein Flügeln!
Ich drehte mich natürlich sofort einmal um mich selbst, um mich zu vergewissern, ob sich nicht ein menschliches Wesen hinter, vor oder neben mir bewegte, das frommer, gottesfürchtiger oder auch gläubiger war und somit ein Vorrecht auf die Erscheinung eines Weihnachts-Engels hatte.

Nein, das Zeichen galt mir ganz alleine, denn ich sah noch immer dasselbe Traumbild, in dem mein Engel mir aus dem hell erleuchteten Café ein Zeichen gab und mich herein winkte.
Verblüfft bemerkte ich, dass ich mich auch schon leicht und beschwingt wie von Engels-Flügeln getragen, in die Richtung des Cafés bewegte, das leider aber noch immer überfüllt war und mir keine Zuflucht gewähren konnte.

Mein Weihnachts-Engel kam mir sofort entgegen!

Er fasste mich am Arm und zog mich sehr energisch mitten hinein in das himmlisch duftende Kuchen-Paradies!
Jetzt sah ich, dass mein Engel zwei schneeweiße Servietten in den Händen hielt, die ich wohl in der Aufregung für Flügel gehalten hatte.
Er wedelte noch immer damit herum, lachte mich glücklich an und verkündete voller Freude:
„Gleich wird ein Plätzchen am Fenster frei!
Der Gast hat schon gezahlt und will gehen!“

Ich schaute meinen menschlichen Weihnachts-Engel in diesem Moment so völlig fassungslos, ungläubig und zweifelnd an, dass er mir besorgt meine diversen Tüten und Pakete abnahm, sie in eine Ecke legte und mich zu einem bequemen Stuhl führte, auf den ich mich mit letzter Kraft erschöpft fallen ließ.
Dann stellte er mir unaufgefordert eine große, dampfende Tasse Café auf den mit Kerzen geschmückten Tisch, lächelte mich liebevoll an und meinte mitfühlend:
„Da haben Sie aber großes Glück gehabt, genau in dem Moment zu erscheinen, als hier tatsächlich ein Tisch frei wurde.
Wie haben Sie das nur gemacht?“

Ich hatte meine Sprache noch immer nicht wieder gefunden und schaute daher meiner freundlichen Bedienung nur stumm und völlig fassungslos in die himmelblauen, glänzenden Augen, betrachtete ihr goldenes, vom Kerzenlicht warm angestrahltes lockiges Haar und staunte sehr, wie ihre fleißigen Hände das Geschirr von meinem Vorgänger auf ein Tablett beförderten.
Endlich begriff ich im Zeitlupen-Tempo dass mein Weihnachts-Engel aus Fleisch und Blut war und ich ihn schon einige Zeit lang kannte aber in diesem Augenblick erst richtig erkannte.

Auch die anderen Hilfs-Engel im Café sah ich mit ganz neuen Augen, wie sie mit einem Lächeln auf den Lippen flink hin- und her huschten und alle Menschen, die in der Vor-Weihnachtszeit mit zusätzlichen Paketen und Sorgen beladen waren, besonders aufmerksam und liebevoll betreuten.

Ich überlegte und dachte, dass sie bestimmt auch manchmal müde waren und sich nach einem Platz sehnten, wo sie Ruhe finden konnten, es aber leider nicht durften, weil sie immer lächeln und den Gästen alle Wünsche von den Augen ablesen und erfüllen mussten.

Ich schaute daher meinen Weihnachts-Engel, als er mir die zweite und auch noch die dritte gefüllte Tasse Café brachte und sogar ein extra großes Tortenstück dazu legte, sehr aufmerksam an, lächelte ihm dankbar zu, und mein Herz morste mit starken, liebevollen Klopftönen:

„Verzeih' mir, wenn ich bisher immer nur an mich gedacht und völlig übersehen habe, dass Du mir bereits sehr oft als ein hilfreicher, liebevoller Engel erschienen bist!

Als Dankeschön
werde ich mich in Zukunft ebenfalls
ein klein wenig engelhafter benehmen,
und zwar nicht nur heute,
sondern das ganze Jahr hindurch!
Vielleicht denkt dann ja auch einmal ein
Mensch von mir dass er mich einen
klitzekleinen Augenblick lang aus Versehen
für einen hilfreichen Engel gehalten hat.

Das wäre wirklich himmlisch
und dazu auch noch

traumhaft schön!!!"

Die - Märchen - Omi
aus der Müller-Märchenstube erzählt:

Meine Berliner Stamm-Cafés

Ja, ich gestehe, ich habe einige Stamm-Cafés. Viele Menschen zieht es in ihre Stammkneipe, mich aber immer wieder magisch in ein Café.
Ich kenne in Berlin daher fast alle guten Kaffee-Stuben, auch wenn sie noch so versteckt und abgelegen liegen. Mein Riechorgan spürt sie auf, das ist eine Tatsache!
Entspricht meine Nase äußerlich auch in keiner Hinsicht den idealen Maßen eines Schönheit liebenden Menschen, so behalte ich sie trotzdem, denn sie ist einsame Spitze im Erschnüffeln von gemütlichen Kaffeehäusern.
Der Eingang von einem meiner Stamm-Cafés in Berlin liegt genau gegenüber einer sehr großen und bekannten Kirche. Einige Menschen denken daher auch, dass die blonde Angelika, die immer freundlich und liebevoll die Gäste im Café bedient nur ein Engel sein kann der sich einmal bei einem Ausflug verirrt und den Eingang verwechselt hat.

Ich kann mir allerdings nicht vorstellen, dass hier tatsächlich ein Versehen vorliegt, denn auch ein Engel kann nur schwer dem Duft der Tausend Leckereien widerstehen, der aus diesem Café strömt.
Erschwerend kommt außerdem noch hinzu, dass die gewaltige Kirche, in der mein Engel Angelika einmal Zuhause war, sehr streng und unpersönlich wirkt, meistens nur an Sonn- und Feiertagen gefüllt ist und selten zu einem fröhlichen und gemütlichen Beisammensein einlädt.
Es liegt daher eher nahe dass Angelika das Café, das in der direkten Fluglinie zur Kirche liegt, schon längere Zeit beobachtet und sich bewusst als neue Arbeitsstelle ausgesucht hat.
Hier treffen sich nämlich Menschen mit den unterschiedlichsten Kulturen Religionen sowie Hautfarben und es herrscht oft ein babylonisches Sprachengewirr, das allerdings nur selten zu Verwirrungen führt.
Die Atmosphäre ist gastlich, unbeschwert sowie zwanglos und die großen, hellen Räume sind vom frühen Morgen bis in den späten Abend hinein bis auf den letzten Platz gefüllt. Kerzen und Blumen schmücken die liebevoll gedeckten Tische, die zum Ausruhen Essen und Trinken einladen.

Riesengroße, blank geputzte Glasscheiben lassen die Gäste am Geschehen des pulsierenden Lebens der Stadt Berlin teilhaben und die Augen der Menschen leuchten besonders zur Weihnachtszeit in diesem Café mit den Kerzen um die Wette, denn köstlich duftende Genüsse werden pausenlos von aufmerksamen, hilfsbereiten, freundlichen sowie engelsgleichen Wesen serviert.
Der Verdacht liegt daher sehr nahe, dass der flügge gewordene Engel Angelika noch einige Kolleginnen aus benachbarten Bezirken dazu angeworben hat, die sich hier ebenfalls sehr wohl fühlen und dafür sorgen, dass alle Gäste zufrieden und glücklich sind.
Oft ist nur ein kleiner, kaum spürbarer Luftzug wahrzunehmen und schon steht, bevor ich ihn gerufen habe, einer dieser Engel neben mir und erkundigt sich höflich nach meinen Wünschen.
Er notiert sich alles auf einem kleinen Block, beschenkt mich mit einem zauberhaften Lächeln und schwebt dann wieder fast so lautlos davon, wie er gekommen ist.
Genau an diesen Eigenschaften erkenne ich, dass hier wahrhaftig glückliche und zufriedene Engel am Werk sind die ihre Verwandlung bis auf den heutigen Tag nicht bereut haben.

Ich fühle mich daher in diesem Stamm-Café beschützt sowie geborgen und bin sogar so vermessen, dass ich Angelika für meinen ganz persönlichen Schutzengel halte, weil er mir nicht nur die leckersten Tortenstücke serviert, sondern mich zusätzlich noch mit einem geheimnisvollen Lächeln beschenkt.
Angelika reserviert mir zu jeder Zeit meinen Lieblingsplatz und muss mich überhaupt nicht überreden, noch eine kleine Weile sitzen zu bleiben, um ein Gläschen guten Rotwein, einen Salatteller oder sogar eine exzellent zubereitete Abendmahlzeit zu bestellen, weil ich mich in der Gesellschaft der Menschen, die hier ein- und ausgehen, dazugehörig und verstanden fühle.
Der Ausblick von einem Fensterplatz auf den hell erleuchteten, strahlenden Weihnachtsmarkt bei klirrender Kälte ist ein zusätzlicher Leckerbissen, der mit keiner Währung der Welt zu bezahlen ist.
Er ist einzig und allein nur mit einem Logenplatz in einer Ur-Aufführung im Berliner Stadt-Theater zu vergleichen.
Ich kann nämlich von hier aus stundenlang den weihnachtlichen Begegnungen zuschauen, ohne müde zu werden, eiskalte Füße oder eine rot gefrorene Nase zu bekommen.

Frei von jeglichem Stress ist es mir vergönnt, mich außerdem auch noch an den bunten Lichtern, den blinkenden Sternen, den drehenden Karussells und den liebevoll dekorierten Verkaufs-Häuschen rund um den „Berliner Wasserklops“ zu erfreuen.

Diese und noch viele
unbeschreibliche Genüsse,
die mein Engel Angelika für mich
und alle Gäste serviert,
ziehen mich immer wieder
in mein Stamm-Café,
denn es ist ein himmlisches Vergnügen,
in diesem Paradies zur Weihnachts- Zeit
verwöhnt und verzaubert zu werden!

Wenn der Abendstern hell schimmert
und das Abendrot noch glimmert,
dann beginnt die Zauberstunde
in der Mond und Stern im Bunde
Dir verkünden: Bald ist Zeit
für ein Stück Unendlichkeit!

Dann suchst Du am Firmament
ob noch in Licht am Himmel brennt
und Dich trifft vom Abendstern
ein Schein, der blinkt aus weiter Fern.
Und eh Du es kannst recht versteh'n,
noch tausend Lichter bei ihm steh'n.

Sanft fällt das Sternenlicht hernieder
und tanzt in Deinen Augen wider,
die zart gekühlt vom Abendwind
und leicht gefüllt mit Tränen sind.
Schließt Du nun Deine Augenlider
erklingen in Dir Sternenlieder!

Baumblüte im Dezember

Es war einmal an einem klaren Sonnen-Sonntag, als ich mich tief im Herzen fragte:

‚Gibt es eigentlich etwas,
das paradiesischer, romantischer,
traumhaft schöner, idyllischer, friedlicher,
lauschiger, verträumter, malerischer,
atemberaubender und märchenhafter ist,
als die Baumblüte im Frühling?

Wer einmal bei strahlendem Sonnenschein,
azurblauem Himmel, weißen Schäfchen-
Wolken, summenden Bienen, bunten
Schmetterlingen und duftenden Blüten unter
einem blühenden Apfelbaum gelegen hat und
sich auf den sanften Schwingen lauer
Frühlingsluft in das Land der Träume hat
empor tragen lassen,
der wird diesen Augenblick der Leichtigkeit
und Glück-Seligkeit nie vergessen!
Gibt es etwas Himmlischeres?'

Darauf gebe ich mir selbst die Antwort:

***‚Ja, das gibt es,
und zwar die Baumblüte im Dezember
auf dem Kurfürstendamm in Berlin!***

Der zartblaue Abendhimmel, der sich wie ein durchsichtiger Schleier über der Stadt Berlin ausbreitet und von weißen Schlagsahne-Wolken dekorativ aufgelockert wird, entführt mich in ein märchenhaftes Zauberland.
Ich sitze in einer gemütlichen Familiendroschke und lasse mich langsam die Paradestraße von Berlin entlang kutschieren.
Meine Augen sind trunken von dem Anblick der Millionen Glühbirnen, die in den Bäumen hängen und ihr strahlendes, golden glänzendes sowie wärmendes Licht verschwenderisch über eine Strecke von mindestens 3000 Metern ergießen.
Die Rücklichter der Autos, die sich ebenfalls langsam vor mir wie eine Riesenschlange durch den Verkehr bewegen, glühen und leuchten in einem satten Rot wie Glühwürmchen, die sich in einer lauen Sommernacht von der betörenden und geheimnisvollen Atmosphäre tragen lassen.

Große Blüten-Sterne säumen die Straßen und Lichterketten verzaubern die voller Geheimnis umwobenen Fassaden der prachtvollen Häuser, die den Kurfürstendamm säumen.
Wie gut, dass ein Stau den zähflüssig dahin fließenden Berufsverkehr hin und wieder zum Stehen bringt denn das Auge vermag all' die Pracht und den Glanz auf einen Blick nicht zu erfassen und zu verarbeiten.
Es ist unglaublich, was Hotels, Kaufhäuser, Cafés und Privatwohnungen künstlerisch und dekorativ dem staunenden Bürger anbieten.
Das Wort „Zauber" enthüllt hier erst sein volles Geheimnis und wir dürfen verschlossene Türen in unseren Herzen öffnen und für einen kurzen Augenblick unsere alltäglichen Sorgen, Unruhen und Belastungen vergessen.
Mitten in dem Meer der blühenden Bäume auf dem Kurfürstendamm liegt mit abertausenden, zusätzlichen glühenden Sternen umrahmt, von einem wehenden Zauberschleier umhüllt und in Wolken des Wohlgeruches von Kaffee, Tee und Gebäck eingebettet, eine Kaffeestube.
Ein tannengrüner Teppich führt trockenen Fußes direkt in die Atmosphäre einer hier wieder neu auferstandenen Kaffeehaus-Kultur.

Es wird nicht nur Kaffee und Kuchen angeboten, nein, hier treffen sich Menschen, die alle Hektik und Unruhe bei einem gemütlichen Plausch vergessen und sich entspannt und glücklich auf weich gepolsterten, leicht geschwungenen Sofas und bequemen Sitzgelegenheiten von einem dezenten Musik-Reigen in himmlische Sphären entführen lassen. Genau die passende, gefühlvolle, romantische Stimmung zur Weihnachtszeit!
Eine vitale, Lebens erfahrene ältere Dame, die freundlich lächelnd hinter dem reichhaltigen Tortenbuffet steht, erklärt mir mit einer Engels-Geduld die verschiedengestaltigen sowie auch unterschiedlichen Geschmacks-Richtungen ihrer Gebäck-Sorten. Sie ist die stolze Besitzerin dieser Oase, die in dem großen, lauten und hektischen Berlin wie der Weihnachtsstern am Winterhimmel funkelt. Ich vergesse unter ihrem äußerst mitfühlenden, liebevollen und verstehenden Blick sogar meine Gewichtsprobleme und lausche begeistert ihren Worten, die mir glaubhaft versichern, dass der kleine zusätzliche Klecks Sahne neben meiner Torte nicht dick macht, sondern lediglich den delikaten Geschmack sehr dezent ergänzt, verbessert, veredelt, verfeinert und bereichert.

Außerdem erfahre ich im Laufe des interessanten Gespräches dass sie sich noch lange nicht zur Ruhe setzen will sondern dass ihr allergrößter Weihnachtswunsch eine Tanzfläche ist, die ihr Kaffeehaus noch attraktiver und begehrenswerter macht. Ich fasse es nicht, denn die blaue Stunde, die bei ihr geheimnisvoll und feierlich zelebriert wird, zählt bereits seit langem zu einem erfüllten Herzenswunsch der liebenswerten Berlinerin, die noch immer etwa 12 Stunden am Tag arbeitet und ihre ganze Liebe und Kraft in dieses Café investiert. Obwohl sie sich schon lange im Rentenalter befindet hält sie überhaupt nichts vom Jammern und Klagen sondern dirigiert ihre Crew mit kaum wahrnehmbaren Blicken.
Sie koordiniert gekonnt die Ein- und Verkäufe und kümmert sich mit herzlicher Anteilnahme um ihre Stammgäste. Sie lässt sogar zur Weihnachts-Zeit Torten und Kuchen einfliegen da sie auch die Bekanntschaft einiger himmlischer Konditoren außerhalb von Berlin gemacht hat und sich in punkto delikater Leckereien nur auf ihr Feingefühl und ihre Intuition verlässt. Fliegende Torten in einer Zeit der fliegenden Untertassen ist Romantik pur und wird von den Gästen durch Treue und häufige Besuche honoriert.

Natürlich kann man in dieser Kaffeestube auch fürstlich frühstücken und kleine Schlemmereien zur Mittags- und Abendzeit genießen.
Nichts ist unmöglich, hier werden alle Wünsche erfüllt und nicht nur zur Weihnachtszeit sondern an jedem Tag im ganzen Jahr. Das wissen auch die prominenten Gäste, die hier in aller Ruhe und Gemütlichkeit die Tageszeitungen durchstöbern und sich auf ihren nächsten Theater-Auftritt vorbereiten. Kein neugieriger Blick irritiert sie, wenn sie noch einmal kritisch das Make-up im Taschenspiegel kontrollieren denn ausnahmslose Diskretion ist natürlich Ehrensache.

Riesige Glasscheiben, die zur Weihnachtszeit mit leuchtenden Lichterketten liebevoll geschmückt sind erwecken die Illusion dass ich mich im Freien mitten auf dem Kurfürstendamm befinde und von blühenden Bäumen umgeben bin.

Ich kann mir daher
keinen schöneren Ort vorstellen,
als Berlin zur Baumblüte im Dezember!
Es wird mich daher immer wieder hierher
ziehen, egal wohin das Schicksal
mich noch treiben wird.

Übrigens: Der zusätzliche federleichte, zarte, schneeweiße Tupfen Sahne zur Torte verursachte tatsächlich keine Probleme!
Ich habe am nächsten Tag mein Gewicht natürlich kontrolliert und erleichtert festgestellt dass ich nicht ein einziges Gramm zugenommen habe!

In Berlin, da möchte ich weilen,
wenn am Baum die Kerzen glüh'n!
Dann beginnt manch Schmerz zu heilen
von des Tages Last und Müh'n!

Ein ganzes Jahr geht dann zu End
und feiert dieses Fest, ja Fest!
Es sagt uns, reicht Euch jetzt die Händ'
ein Licht uns nie verlässt, verlässt!

Das Licht, das in den Augen scheint,
wenn Weihnacht wieder nah, ja nah!
Uns Menschen alle froh vereint
unterm Stern, der auf uns sah, ja sah!

In Berlin, da möchte ich weilen,
wenn am Baum die Kerzen glüh'n!
Dann beginnt manch Schmerz zu heilen
von des Tages Last und Müh'n!

Felix und das Sternentaler-Kind

Es war einmal an einem 24. Dezember als zarte, duftige Schneeflocken vom Himmel tanzten, das Sternen-Bild „Der Große Bär“ am Nacht-Himmel leuchtete und der Weihnachts-Stern direkt über einem kleinen Ort funkelte und blinkte, als dort ein ganz besonderes Kind geboren wurde.
Dieses Kind hatte nämlich eine Haut, die fast so weiß wie Schnee, Lippen, die fast so rot wie Blut und Haare, die fast so schwarz wie Ebenholz waren und sah fast so schön aus wie die Märchen-Figur Schneewittchen, nur handelte es sich um kein zartes, liebevolles Mädchen, sondern einen recht kräftigen, klugen und aufgeweckten Jungen!

Als Felix etwas älter wurde und in die Schule kam, war seine Haut fast so sonnengebräunt wie eine Haselnuss-Creme, seine Haare fast so wild gelockt wie ein durch den Sturm voll zerzauster Schlehen-Strauch und seine Augen leuchteten fast so glühend wie zwei feurige Kohlen.

Für alle stand daher auch felsenfest, dass er sich zu einem liebenswerten hochbegabten sowie aufgeweckten Jungen entwickeln würde.
Sein überschäumendes Temperament, seine tiefe Liebe zur Musik und sein Talent mit Farben und Formen zu spielen, um sie dann auf das Papier zu bannen, deuteten zusätzlich an, dass hier sogar ein sehr erfolgreicher Künstler erblühen würde.
Felix interessierte sich nämlich für alles, was in der Welt geschah und brachte seine Lehrer durch seine bemerkenswerten, klugen Fragen immer wieder in Verlegenheit, weil sie spontan meistens keine befriedigende Antwort für ihn parat hatten.
Das beunruhigte sie auch ein wenig, denn seine Neugier zu allem Neuen und Unbekannten ließ erahnen, dass er eines Tages aus dem Einerlei seiner Umgebung ausbrechen würde, um seinen großen Freiheits-Durst sowie Bildungs-Hunger in der fernen, weiten Welt zu stillen.

Felix war ihnen ebenfalls oft nicht ganz geheuer, weil er sich seine Lebensfreude nie beschneiden ließ und jeden Tag voller Zuversicht begann.
Alle Menschen, die ihn aber näher kennen lernten, waren von seiner positiven Ausstrahlung sehr beeindruckt und flüsterten insgeheim:

„Dieser Junge
ist unter einem günstigen Stern geboren.
Er ist ein Glückspilz,
der bei jedem Missgeschick
wieder auf die Füße fallen wird.
Er ist außerdem ein echtes Sonntagskind
und hat daher auch die Chance,
einmal das zu erreichen,
was er sich erträumt und vorgestellt hat.
Zusätzlich ist er mit Klugheit und Vernunft
gesegnet, so dass er seine Geistesgaben
richtig einschätzen
und die Erfüllung seines Lebens
finden wird!“

Als die Zeit gekommen war, dass Felix sich für einen Beruf entscheiden musste, gab er dem Drängen seiner Eltern nach und absolvierte eine Lehre als Koch.
Nach bestandener Prüfung mit der Note „Sehr gut“ blieb er aber nicht im Elternhaus.

Er wollte auf keinen Fall im traditionellen Gasthof seiner Eltern arbeiten denn es zog ihn in die weite Welt hinaus.

Felix wollte sein Glück in der Ferne suchen denn für seine besonderen Träume sah er im Heimatort leider keine Zukunft. Er packte daher seinen Rucksack und zog mit der Gitarre unter dem Arm in die unbekannte Ferne hinaus.
Irgendwo dort draußen in der geheimnisvollen, bunten und für ihn bisher noch fremden Welt musste es doch einen Ort geben, wo er mit seinen Zukunfts-Wünschen ohne Hindernisse vorwärts kommen konnte.
Dort wollte er, wie seine Lieblings-Märchenfigur „Hans im Glück“ einen Goldschatz verdienen und ihn dann mit Freuden nach Hause tragen.
Allerdings war er felsenfest entschlossen, seinen teuer erworbenen Lohn auf gar keinen Fall gegen irgendetwas umzutauschen wie es leider in dem Märchen „Hans im Glück“ geschieht. Er wollte sein Glück verteidigen und es für immer behalten.

Dann kam aber doch alles ganz anders, als Felix es sich vorgestellt hatte!
Er besaß nämlich ein weiches, mitfühlendes Herz und war daher stets traurig, wenn er einem Menschen begegnete, der unglücklich war.
Dann konnte er einfach nicht anders, er teilte sein Glück und natürlich auch sein Geld.

So geschah es dann auch, dass Felix an einem 24. Dezember genau um Mitternacht wieder einmal mit seiner Gitarre alleine unterwegs war, als vereinzelt sehr zarte duftige Schneeflocken um seine Nase tanzten und der Weihnachtsstern sowie das Sternenbild „Der Große Bär“ am Nacht-Himmel zu sehen waren.

Er hatte wieder einmal all sein Geld verschenkt und konnte sich daher kein warmes Plätzchen in einer Pension leisten.
Daher vertraute er seinem guten Stern und dachte:

‚Was soll’s, mein Herz ist warm und weich,
ich benötige kein geheiztes Zimmer!
Die Sterne funkeln hell vom Himmel
ich brauche also auch kein elektrisches Licht!

Ich bin glücklich und zufrieden
und kann daher ebenfalls
auf einen Braten verzichten!

Mein bester Freund, die Gitarre
vertreibt mir die Zeit!
Ich vermisse daher nicht
die Gesellschaft der Menschen!

Ich habe mein Geld auch nie verschleudert sondern immer nur Menschen geholfen, die in Not waren und dringend meine Hilfe benötigten.

Es wird also irgendwie schon weitergehen und morgen werde ich bestimmt ein neues Glück finden!'

Während Felix noch überlegte, ob er an der vor ihm liegenden Wegkreuzung nun nach links oder rechts abbiegen oder doch besser geradeaus gehen sollte, sah er im Mondlicht ein kleines Mädchen vor sich stehen, das nur mit einem Hemdchen voll blinkender Sterne bekleidet war.
Es sah genauso aus wie das Sternentaler-Kind aus dem Märchen-Buch seiner Kindheit.
Es lächelte ihn an und fragte ganz zutraulich:

„Kann ich Dir helfen?
Du scheinst Dir nicht ganz sicher zu sein, in welche Himmelsrichtung Du jetzt Deine Schritte lenken sollst! Weil Du aber ein Sonntagskind bist, Märchen über alles liebst, an Wunder glaubst und heute Weihnachten sowie auch Dein Geburtstag ist, darf ich Dir einen Wunsch erfüllen!

Sag mir also schnell, wonach sich Dein Herz sehnt und was Dich am meisten erfreuen würde!"

Felix lachte und rief amüsiert:
„Du armes, kleines Mädchen, was soll ich mir von Dir erhoffen? Du hast ja selbst nichts Warmes zum Anziehen und siehst hungrig und durstig aus. Nein, von Dir will ich nichts, viel lieber würde ich Dich beschützen und beschenken.
Wenn Du aber wirklich das Sternentaler-Kind aus dem Märchenreich bist, könntest Du mir ein paar Deiner Sterne geben, damit wäre uns beiden ganz sicher sehr geholfen.
Du scheinst nämlich genau wie Hans im Glück überhaupt nicht zu begreifen was für einen großen Schatz Du mit Dir herumträgst.
Bitte, schenk mir einige Sternen-Taler, damit ich Dich wintergerecht einkleiden und Dir etwas zu essen kaufen kann. Ganz sicher bekomme ich für Deine goldenen Sterne genügend Geld, damit Du einige Zeit völlig sorgenfrei leben kannst."

Das Sternentalerkind lächelte nur und meinte:

„Ach Felix, ein Sternen-Taler aus dem Märchen-Reich hat überhaupt keinen materiellen Wert!

Er ist ein Symbol für die Erfüllung von Dingen, die Dein Herz sehnsuchtsvoll begehrt.
Ich will Dir damit sagen, dass Du ein Glückskind bist und ganz bestimmt einmal nicht nur einen sondern sogar mehrere Sterne besitzen wirst.
Du musst Dein Glück nur erkennen, denn oft versteckt es sich hinter einer Wolkenschicht.
Wenn Du Deine Augen jedoch blank putzt, wirst Du Deinen Stern hell blinken und leuchten sehen!
Folge ihm, er wird Dir den richtigen Weg zeigen und Dich glücklich machen!"

„Halt Sternentaler-Kind" rief Felix aufgebracht.
„Du verwechselst mich bestimmt, denn ich will mir keine Sterne verdienen sondern ein Studium für Musik und Literatur beginnen. Darum habe ich mich auch auf die Wanderschaft begeben.
Was soll ich also mit einem Stern?
Du bist doch das Sternen-Kind, nicht ich!
Bringst Du jetzt etwa alles durcheinander?"

„Nein, bestimmt nicht" lächelte das Sternentaler-Kind vielversprechend.
„Ich sehe schon, Du kennst Dich in der Märchen-Welt überhaupt nicht aus, obwohl Du schon so viele Märchen gelesen hast!

Ich bin Deine gute Fee, Deine hilfreiche innere Stimme, Deine Führung und Dein Glücksbringer!

Ich bin Dir als Sternentaler-Kind erschienen, weil diese Figur für Dich ein Symbol aus der Kinder-Zeit ist und Du darum zu mir Vertrauen hast!
Ich bin also weder klein noch hilflos, sondern will Dir zeigen, wie Du Deine vielseitigen Talente in Zukunft richtig einsetzen kannst.

Du hast Dich doch auf die Reise begeben, weil Du etwas ganz Neues erleben und auf keinen Fall im Restaurant Deiner Eltern arbeiten willst!
Das ist verständlich, denn dort findest Du auch nicht die Erfüllung Deines Lebens!

Du hast eine eigene Zukunft und wirst sie auch aufspüren! Zerschlage Dein Glück daher nicht in einzelne kleine Stücke sondern vereine sie zu einem einzigen großen Talent!

Du könntest Deine enormen Fähigkeiten zum Beispiel in einen großen Topf werfen und Dich in einem internationalen Hotel-Betrieb um eine Stelle bemühen um dort die anspruchsvolle Küche zu erlernen!

Deine tiefe Liebe zur Musik sowie das beachtliche Talent, Farben ineinander verschmelzen zu lassen sowie Dein auffallend guter Geschmack könnte auch in der Zubereitung feinster Speisen seine Erfüllung finden.

Deine Fähigkeit, mit Worten zu spielen und sie zum Klingen zu bringen musst Du ebenfalls nicht verkümmern lassen denn Du kannst sie nutzen um phantasievolle Kompositionen auf der Speise-Karte zu entwerfen!

Lass Dich daher zu einem modernen Zauberer der Kochkünste, also zu einem Sternekoch ausbilden!

Du bist dazu in der Lage!

Du kannst reich, berühmt und sogar der Besitzer eines eigenen Restaurants werden und zur Belohnung Deiner Kochkunst mit einem oder auch mehreren Sternen ausgezeichnet werden.

Deine Gitarre wird in Deinem Feinschmecker-Lokal aus dem Dornröschenschlaf erwachen und so schwingen und klingen, wie Du es Dir nicht einmal in Deiner Phantasie vorstellen kannst!

Ein delikat zubereitetes Menü mit mehreren Gängen aus Deiner Hand in geschmackvoller Umgebung, eingehüllt in einen weichen Mantel voll klangvoller, harmonischer Melodien, wird allen Menschen unvergesslich bleiben.

Deine Hände können zaubern, darum lass Dich nicht entmutigen, sondern ergreife Deine Chance!

Ein Stern wird Dich begleiten
und Dir den Weg zeigen!"

„Du sprichst für mich in Rätseln, bitte erkläre mir noch ausführlicher, was Du mir andeuten willst" rief Felix aufgewühlt und streckte beide Arme bittend dem Sternentaler-Kind entgegen.

In diesem Moment bemerkte er jedoch, dass er ins Leere griff und stellte enttäuscht fest dass er nur mit offenen Augen geträumt hatte.

Traurig setzte er seinen Weg fort, um im nächsten Gasthaus ein wenig den Musikus zu spielen und sich etwas Geld für die weitere Wanderschaft zu verdienen.

Der Weihnachts- Stern leuchtete hell und klar am Himmelszelt und wies ihm den Weg in die nächste Stadt.

Der Besitzer des Restaurants, bei dem Felix einkehrte, benötigte aber keinen Gitarrenspieler, sondern fragte nur: „Kannst Du kochen?

Wenn ja, darfst Du sofort bei mir anfangen, denn mein Küchenchef ist krank geworden und meine Gäste sind hungrig und durstig!“

Felix nickte und ging, ohne weiter nachzudenken, ganz selbstverständlich in die Küche.

Und so begann
die außergewöhnliche Karriere von Felix,
der ausgezogen war,
sein Glück in der Fremde
zu suchen, zu finden
und für immer fest zu halten!

Das Schicksal hatte Felix, wie könnte es anders sein, in ein Feinschmeckerlokal geführt.

Ehe er überhaupt begreifen konnte, was mit ihm geschah, wurde er zu einem erstklassigen Koch ausgebildet, denn der Besitzer des noblen Lokales erkannte sofort, welche Schätze in seinem Inneren verborgen lagen.

Felix zog es jedoch nach einer sehr gründlichen Ausbildung erneut in die weite Welt und nach etlichen Wander-Jahren, in denen er Länder und Leute kennen gelernt und es selbst bis zum Meisterkoch mit einigen Sternen gebracht hatte, wollte er aber endlich zur Ruhe kommen.

**Und so begab es sich,
dass wieder einmal an einem Weihnachts-Tag,
also an einem 24. Dezember
vereinzelte zarte duftige Schneeflocken
vom Himmel tanzten
und das Sternen-Bild
„Der große Bär“
am Himmel leuchtete und funkelte!**

**Der Weihnachts-Stern
strahlte in dieser Nacht
jedoch direkt über der Welt-Stadt Berlin
und gab ihm damit zu verstehen,
dass er endlich in seiner neuen Heimat
angekommen war.**

Das Sternentalerkind hatte sich jedoch leider nie wieder blicken lassen, dabei bewegten Felix doch gerade jetzt, wo er endlich am Ziel angekommen war einige sehr wichtige und äußerst dringende Fragen! Er hatte nämlich inzwischen eine herzensgute Partnerin gefunden, die ihm seinen lieben Sohn Oliver geschenkt hatte sowie Schwieger-Eltern und eine Omi gefunden, die ebenfalls alle von Herzen gerne das Leben mit ihm teilten.

Sein Herz war jedoch trotzdem zerrissen, denn er fühlte tief in seiner Seele, dass es ihn ebenfalls in die alte Heimat zu seinen guten, liebevollen Eltern zog, denn sie hatten es ihm ja überhaupt erst ermöglicht, sein Glück in der weiten Welt zu suchen und zu finden.

Jetzt, da er es endlich entdeckt hatte, würde er es liebend gerne ebenfalls mit ihnen teilen.

Aber wie sollte das Unmögliche möglich werden?

Ungläubig rieb er sich daher plötzlich die Augen, aber es war keine Fata Morgana, die ihn narrte!

Ganz im Gegenteil!

Vor ihm stand plötzlich ganz nah und deutlich zu erkennen, tatsächlich sein Märchentraum, sein heiß ersehntes Sternentalerkind aus der Kindheit! Es lächelte ihn vertraut an und flüsterte:

„Hallo Felix,
wie schön, dass Du mich nicht vergessen
und sofort wieder erkannt hast!
Ich bin sehr froh,
dass Du Deinem Glück begegnet bist
und Deine ersehnte Sterne bekommen hast.

Du stehst nun jedoch noch einmal
vor einer Weggabelung
und musst Dich entscheiden,
welcher Weg für Dich der richtige ist.

Sollst Du in Deine alte Heimat zurückkehren
oder darfst Du Dir ein neues eigenes Glück
in der Wahlheimat Berlin aufbauen?
Denke jetzt aber dringend an Deinen Vorsatz,
Dich niemals so zu verhalten,
wie die Märchenfigur Hans im Glück!
Lass Dir daher Deinen Goldschatz
nicht wieder abschwatzten und tausche ihn
auch nicht gegen irgendetwas anderes ein!

Lass Dich also nicht
vom rechten Weg abbringen!
Versuche daher, Deine Eltern ebenfalls
an Deinem Glück teilhaben zu lassen.
Vielleicht warten sie ja darauf,
noch einmal ein richtiges Abenteuer zu erleben!
Schenk ihnen daher die Chance,
denn sie haben schwer gearbeitet,
um Dir einen Neuanfang zu ermöglichen!
Hör auf Dein Herz,
dann wirst Du den richtigen Weg finden!"

Felix überlegte: ‚Habe ich etwa wieder geträumt? Das kann schon sein, denn ich bin überarbeitet sowie übermüdet und denke zu viel darüber nach, wie ich mich entscheiden soll!

Ich lasse mir mein Glück aber auf keinen Fall wieder wegnehmen, denn ich habe es durch Arbeit und Fleiß schwer erkämpft.

Ich will also meinen Goldschatz behalten, denn er ist mein Lebens-Glück, meine Heimat!
Ich werde daher noch in dieser Nacht den Kauf-Vertrag für mein Sterne-Lokal unterschreiben!

Ich werde endlich meine Eltern, die ich so lange nicht mehr gesehen habe und die sich ebenfalls nach mir sehnen und auch einen interessanten unterhaltsamen Lebensabend verdient haben, zu mir holen!

Wir werden unseren Weg dann alle gemeinsam gehen und weder rechts noch links abbiegen!

Darauf gebe ich Dir mein Wort, mein treues, herzallerliebstes Sternentaler-Kind!

Und meinem wertvoll ausgezeichneten kostbaren nicht mit Gold zu bezahlenden Sterne-Restaurant werde ich den exklusiven, trefflichen, delikaten und segensreichen Namen geben:

Das Sternen-Speiselokal
„Zum glücklichen Felix"

Es war einmal:

Irmgard Edith Müller wurde am 7. Mai 1934 in Elbing/Westpreußen - einer bedeutenden Hanse-Hafenstadt - geboren die auch seit Anfang des neunzehnten Jahrhunderts:

„Das Kunst-Historische Schmuck-Kästchen"

genannt wurde.

Ihre Kindheit verlebte sie in Stettin, ebenfalls einer ehrwürdige Hanse-Hafenstadt, die als

„Das Paris des Ostens"

bekannt wurde und die Lieblingsstadt von Kaiser-Wilhelm war.

Seit langem florierte zwischen Berlin und Stettin Bahn- u. Schiffsverkehr so dass Stettin allgemein als „Vorort von Berlin" betrachtet wurde. Da ein Teil der nahen Verwandtschaft in Berlin wohnte, besuchte sie bereits als Kind oft die Hauptstadt, die sie ebenfalls als zweite Heimat ansah sowie auch den Ferienort Poberow am Ostsee-Strand wo ihre Familie ein kleines Ferienhaus besaß.

Sie verbrachte einen Teil ihrer Schulzeit in Stettin sowie durch den Krieg bedingt, ebenfalls in Horst Seebad, Treptow an der Rega sowie auch in Blankenburg im Harz.

Hier zeigte sich in Form von kleinen Gedichten und phantasievollen Aufsätzen bereits schon ihr schriftstellerisches märchenhaftes Talent.
Dem Schulabschluss in der Sophienschule, einem Mädchen-Gymnasium in Hannover, wohin sie das Schicksal nach einer aufregenden Flucht wehte, folgte in einer Hauswirtschaftlichen sowie in der Privaten kaufmännische Berufsschule Buhmann je eine einjährige Ausbildung.
Nachfolgend dann eine Beschäftigung als Steno-Kontoristin, Bundesbahngehilfin der Deutschen Reichsbahn sowie kaufmännische Angestellte und Sekretärin bei der Arminiuswerft Hannover und einer größeren, bekannten Baufirma .

1958 heiratete sie in Hannover und verlegte 1959 ihren Wohnsitz in ein eigenes Reihen-Haus einer Neubausiedlung in Engelbostel, einem äußerst liebenswerten, historischen sowie romantischen kleinen Vorort von Hannover.

Bis 1965, der Geburt ihres Sohnes Oliver in Hannover war sie weiterhin beruflich tätig.
Danach machte sie sich mit einem eigenen kleinen Kunstgewerbe- Mode- sowie Secondhand-Laden in ihrem eigenen Haus selbständig.

1974 zog die Familie aus beruflichen Gründen nach Peine, einer Kleinstadt in Niedersachsen.
Dort engagierte sie sich ehrenamtlich im frisch gegründeten Kinderschutzbund. Auf dem eigenen Grundstück richtete sie unter anderem auch gut besuchte Flohmärkte aus um sich mit besonders preisgünstigen Geschenken für die zu betreuenden Familien einzudecken.
Außerdem arbeitete sie 3 Jahre lang halbtags in einer Filiale des Bertelsmann-Verlages.
Anschließend eröffnete sie im eigenen Haus einen kleinen Buchladen mit vorwiegend Lebenshilfe-Büchern sowie auch zahlreichen Artikeln aus der Dritten Welt.
Außerdem begann sie, ihre ersten Märchen zu schreiben, zu denen ihr Sohn Oliver zahlreiche passende Märchen-Bilder zeichnete.

1985 lernte sie Kurt Müller kennen, ließ sich scheiden, heiratete ihn und begann gemeinsam mit ihm ein völlig neues erfülltes und glückliches Leben! Nun wurden alle Märchen von Kurt mit eigenen Liedern zur Gitarre bereichert.
Gemeinsam übernahmen sie „Rosis Teeladen“, den sie recht bald über die Grenzen ihrer neuen Heimat bekannt machten.

Sie verwandelten das über dem Teeladen liegende große Wohnzimmer in eine sehr romantische Märchenstube und servierten dort jeden Sonntag bei Kerzen-Schein, Tee sowie Gebäck eigene Märchen mit den dazu passenden Liedern!
Die regionale und überregionale Presse (dpa) sowie diverse Rundfunksender ließen sich diese zauberhafte Atmosphäre nicht entgehen und berichteten voller Interessc immer wieder gerne und detailliert. Der Bürgermeister der kleinen Stadt sowie auch Besucher von Nah und Fern und sogar das Fernsehen konnten den zahlreichen Verlockungen ebenfalls nicht widerstehen.
Sie ließen sich recht gerne zu mitternächtlichen Märchen-Stunden sowie Heimat-Nachmittagen im Städtischen Theater einladen die ebenfalls nach eigener Regie regelmäßig angeboten und von Rundfunk und Presse unterstützt wurden.

Der Fernsehsender SAT1 übertrug Auszüge einer bunten Märchenstunde, mehrere Talk-Shows interessierten sich für das Müller-Duo und sogar der Kasseler Weihnachtsmarkt, der zur Deutschen Märchenstraße gehört, ließ sich von den neuen deutschen Müller-Märchen sowie auch Liedern zur Weihnachtszeit verzaubern.

Als „Singende Märchenerzähler“ bereisten sie den norddeutschen Raum, besuchten viele Vorschul-Kindergärten, Schulen, Eltern-Initiativen sowie kleinere und größere Veranstaltungen wie unter anderem auch im Kuppelsaal Hannover.

Die Märchenstube ging ebenfalls einmal kurz auf Reisen und lud vom Herbst 1992 bis Sommer 1993 im damaligen Ihme-Einkaufs-Zentrum in Hannover in einem märchenhaft ausgestatteten Raum zu regelmäßigen Märchenstunden ein die ebenfalls von einigen Hannoverschen Zeitungen ausführlich vorgestellt wurden.

Im Jahr 2002 erhielt das Märchen-Müller-Duo ein Angebot von Sohn Oliver, ihr Domizil in die Hauptstadt Berlin zu verlegen, das natürlich mit Freuden angenommen wurde.
Nun wollten sich die Müllers auf einen recht geruhsamen Lebens-Abend in Berlin vorbereiten.

Daraus wurde aber zum Glück nichts denn Berlin war so aufregend und inspirierend dass sie nach kurzer Zeit wieder neue Märchen und Melodien schrieben sowie die alten ein wenig entstaubten und auffrischten.

Das Müller-Märchen-Duo stellte ihre Oster- sowie Weihnachts-Märchen ebenfalls mit viel Erfolg im Heimat-Museum Wilmersdorf-Charlottenburg vor und so war es ganz selbstverständlich dass sich zu den neuen „Berliner Märchen“ nun auch völlig neue Märchen-Figuren gesellten und ihren Platz in der Berliner Müller-Märchen-Stube einnahmen.
Alle Märchen-Figuren bekamen passend zu dem Märchenbild, das sie darstellten, eine äußerst romantische märchenhafte Kleidung, die extra hergestellt wurde und so verwandelte sich das Wohnzimmer sehr schnell in eine sehenswerte Müller-Märchen-Stube, in der es über fünfzig Märchen-Figuren sowie viele Accessoires zu den eigenen Märchen zu sehen und bestaunen gibt.

Der amtierende Regierende Bürgermeister von Berlin - Klaus Wowereit – begleitete von Anfang an mit Wohlwollen die „Müller-Märchen“ und ließ sich sogar zum Schirmherren sowie Schutz-Patron der Märchen-Waldtiere küren.
Zum 24. Geburtstag besuchte er persönlich die Müller-Märchenstube ließ sich mit Gebäck Tee sowie romantischen humorvollen und echten Müller-Märchen liebevoll verwöhnen und wurde gut Freund mit allen Märchen-Figuren.

Zum Dank an den märchenhaften Besuch wurde ihm sogar ein eigenes Märchen gewidmet. Außerdem begeht die Müller-Märchenstube ihm zu Ehren in jedem Jahr am 23. Oktober festlich einen märchenhaften „Wowi-Gedenktag“!

Auch der Altkanzler Dr. Helmut Kohl, der uns leider am 16. Juni 2017 für immer verlassen hat begleitete die Müller Märchen von Anfang an voll Interesse Güte und Verständnis.

Aus der „Reimschmiede“ des Kanzlers Dr. Helmut Kohl kam als Geschenk und Anerkennung für die Müller-Märchen sogar folgendes Gedicht:

Der Kanzler dankt für Ihre Zeilen
aus Poesie und Märchenwelt
und hofft, dass Ihre Sicht der Dinge
den Menschen weiterhin gefällt!
Ein Kinderlachen sei zum Lohn
der Dichterin stets höchstes Gut,
drum gebe stets der Muse-Laune
auch Ihrer Kunst das richt’ge Lot!

Außerdem entstand ein interessanter Briefwechsel zwischen dem Altkanzler und der Märchen-Omi.

Er wünschte ihr für die schriftstellerische Arbeit in der neuen Heimat Berlin im Jahre 2002 ganz persönlich Glück Erfolg und Gottes Segen!
Altkanzler Dr. Helmut Kohl war ein aufrichtiger Märchenfreund der Müller-Märchen und wird daher auch für immer im Herzen des Müller-Duos weiterleben.

Die Märchen-Omi Irmgard Müller wird auch künftig fleißig weiter Märchen schreiben, denn alle Märchen auf der Welt sind eine wundervolle Hilfe für Groß und Klein, indem sie Pflanzen, Tiere, Gestirne und Gegenstände in Wort und Ton als Symbole lebendig werden lassen.
Viele Ereignisse, die uns im täglichen Leben begegnen können wir viel besser verarbeiten und verstehen wenn sie uns in einem Märchen voller Wunder begegnen.
Dort können nämlich Tiere und Pflanzen sprechen und uns ihre Sorgen und Nöte anvertrauen.
Auch dürfen wir mit ihnen recht fröhliche und glückliche Stunden verleben, voneinander lernen und uns in einer Symbol-Sprache verständigen, die ganz tief in unseren Herzen als Ursprache aller Lebewesen verborgen ist.

Inhaltsverzeichnis

Das ganz besondere Weihnachtsfest 7

Der kleine Hund und sein Freund 19

Stefan und der Nikolaus 43

Warum feiern wir Weihnachten 59

Warts nur ab! 73

O Tannenbaum, O Tannenbaum 83

Träume-Tännchen 93

Kirchenbesuch am Heiligen Abend 105

Krippenspiel mit Max und Maria 121

Mein Weihnachtsengel 145

Meine Berliner Stamm-Cafés 153

Baumblüte im Dezember 159

Felix und das Sternentalerkind 167

Außerdem sind erschienen:

Die Märchen-Omi erzählt:
Friedolin, der fröhliche Märchenfrosch
ISBN 978-3-930768-61-5

Die Märchen-Omi erzählt:
Oliver der liebevolle Märchen-Wichtel
ISBN 978-3-930768-62-2

Die Märchen-Omi erzählt:
Oliver der bezaubernde Märchen-Prinz
ISBN 978-3-930768-63-9

Die Märchen-Omi erzählt:
Geburtstagsfeier mit Ramona und Oliver
ISBN 978-3-930768-64-6

Die Märchen-Omi erzählt:
BERLIN Du bist ne Wundertüte,
ne ganz besonders dufte Blüte!
ISBN 978-3-930768-65-3

Die Märchen-Omi erzählt:
BERLIN Du Stadt mit Chislaweng,
Gemütlichkeit, Radau und Peng!
ISBN 978-3-930768-66-0

Die Märchen-Omi erzählt:
Gefühlswallungen im Märchenland
ISBN 978-3-930768-67-7

Die Märchen-Omi erzählt:
Weihnachten
mit Lichterglanz u. Sternengold
ISBN 978-3-930768-69-1

Guter Mond,

Du ziehst in weiter Ferne
über diese schöne Erde hin!
Träumst und denkst Dir, ach wie so gerne
wäre ich Mensch dort drunten mittendrin.
Auch wir Menschen wollen träumen,
wären gerne bei Dir Mann im Mond
und so schweben wir in fremden Räumen
Du und ich, sag, ob sich das wohl lohnt,

guter Mond?